LES CAMPBELL

I. Inferno

Scénario et dessin : Jose Luis Munuera
Couleurs : Sedyas

DUPUIS

Merci à Adrián Tangomango, Altea et Julia Munuera,
Toledano et Sanvi pour leur aide.

Jose Luis Munuera

PREMIÈRE ÉDITION
Dépôt légal : janvier 2014
D.2014/0089/006
ISBN : 978-2-8001-6010-8

Imprimé en Belgique par Lesaffre.

PEFC-Certifié
Ce produit est issu de forêts gérées durablement et de sources contrôlées.
PEFC
PEFC/07-31-164 www.pefc.org

DALIM SOFTWARE Powered by

www.dupuis.com

EH BIEN, MESSIEURS, NOS TRÈS HONORABLES COMPAGNONS D'ÉQUIPAGE NOUS ONT CONFIÉ À MOI, LEUR CAPITAINE, ET À VOUS, SIMPLES MATELOTS ET CHAIR À CANON COMME EUX, LA PLUS NOBLE, LA PLUS COMPLEXE ET DÉLICATE TÂCHE DONT PUISSE S'ACQUITTER UN PIRATE...
... ENTERRER NOTRE TRÉSOR !!
CAR APRÈS DES ANNÉES DE PILLAGE INTENSIF, NOUS VOICI ENFIN MILLIONNAIRES AU-DELÀ DE TOUS NOS ESPOIRS !
ET QU'EST-CE QUI EST LE PLUS IMPORTANT, CAMARADES, QUAND ON ENTERRE SON PATRIMOINE ?
CREUSER UN GRAND TROU, MONSIEUR ?
BIEN TROUVÉ, HAGGINS, MAIS PAS ENCORE ASSEZ INGÉNIEUX !
TOUT METTRE DANS UN BEAU COFFRE, MONSIEUR ?
NON, CE N'EST PAS ÇA NON PLUS, MON BON TOUFFU !
LE PLUS IMPORTANT DE TOUT, LES FINES MOUCHES, C'EST...
... DE SE RAPPELER L'ENDROIT OÙ ON L'ENTERRE !
COMBIEN DE PIRATES BRAVES ET ASSIDUS N'ONT-ILS PAS VU LEUR RETRAITE PARTIR EN FUMÉE À CAUSE D'UNE PETITE ABSENCE... !
SOUVENEZ-VOUS DU REDOUTABLE SMITH...
PAR TOUS LES DIABLES ! OÙ EST-CE QUE J'AI BIEN PU LE METTRE ?
SACREBLEU !!!
SI C'EST PAS TRISTE ! UN PIRATE PLUS DANGEREUX À LUI TOUT SEUL QUE TOUT UN BANC DE PIRANHAS CONDAMNÉ À LA MISÈRE POUR UN SIMPLE TROU DE MÉMOIRE... !

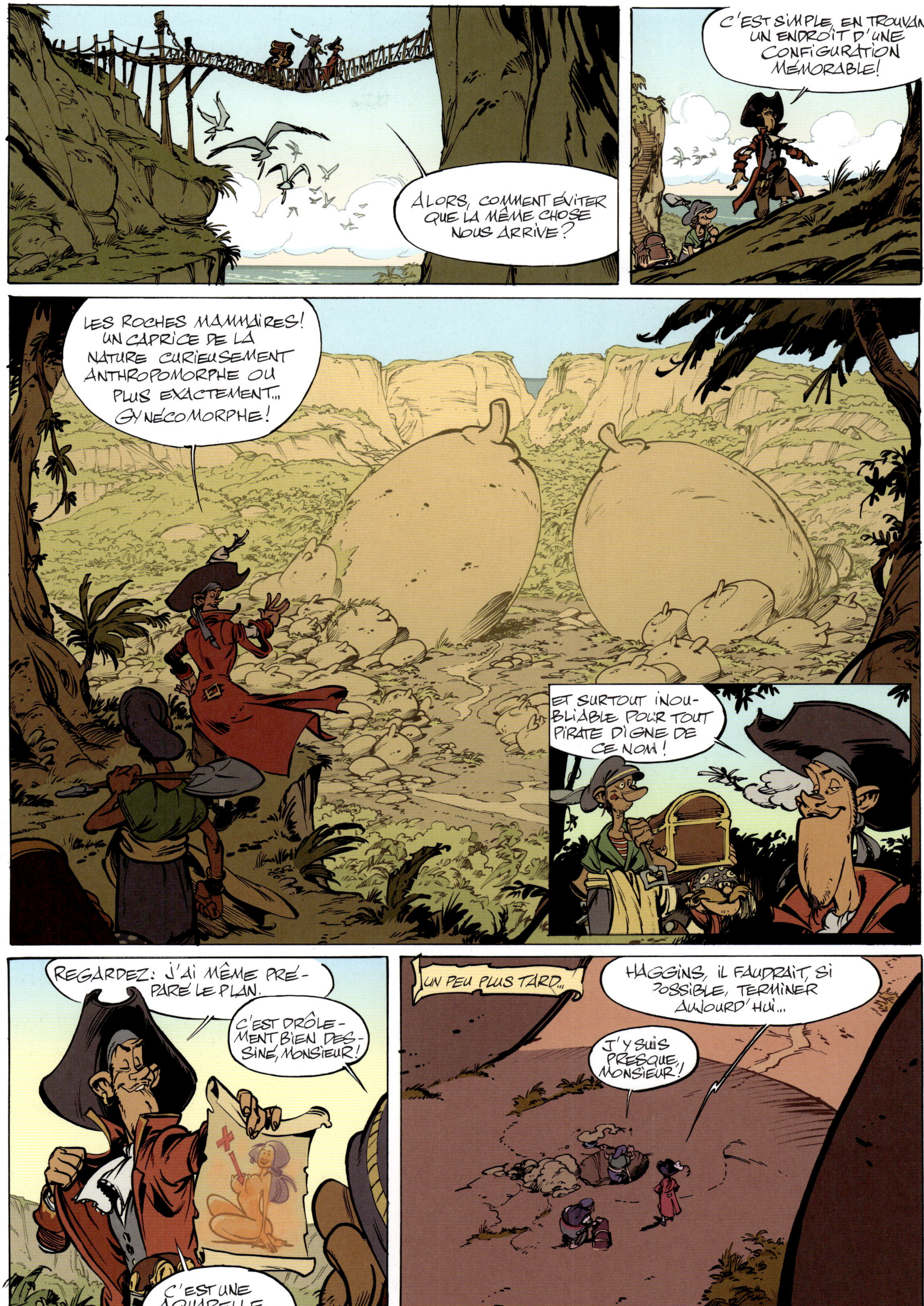
ALORS, COMMENT ÉVITER QUE LA MÊME CHOSE NOUS ARRIVE ?
C'EST SIMPLE, EN TROUVANT UN ENDROIT D'UNE CONFIGURATION MÉMORABLE !
LES ROCHES MAMMAIRES ! UN CAPRICE DE LA NATURE CURIEUSEMENT ANTHROPOMORPHE OU PLUS EXACTEMENT... GYNÉCOMORPHE !
ET SURTOUT INOUBLIABLE POUR TOUT PIRATE DIGNE DE CE NOM !
REGARDEZ : J'AI MÊME PRÉPARÉ LE PLAN.
C'EST DRÔLEMENT BIEN DESSINÉ, MONSIEUR !
C'EST UNE AQUARELLE...
UN PEU PLUS TARD...
HAGGINS, IL FAUDRAIT, SI POSSIBLE, TERMINER AUJOURD'HUI...
J'Y SUIS PRESQUE, MONSIEUR !

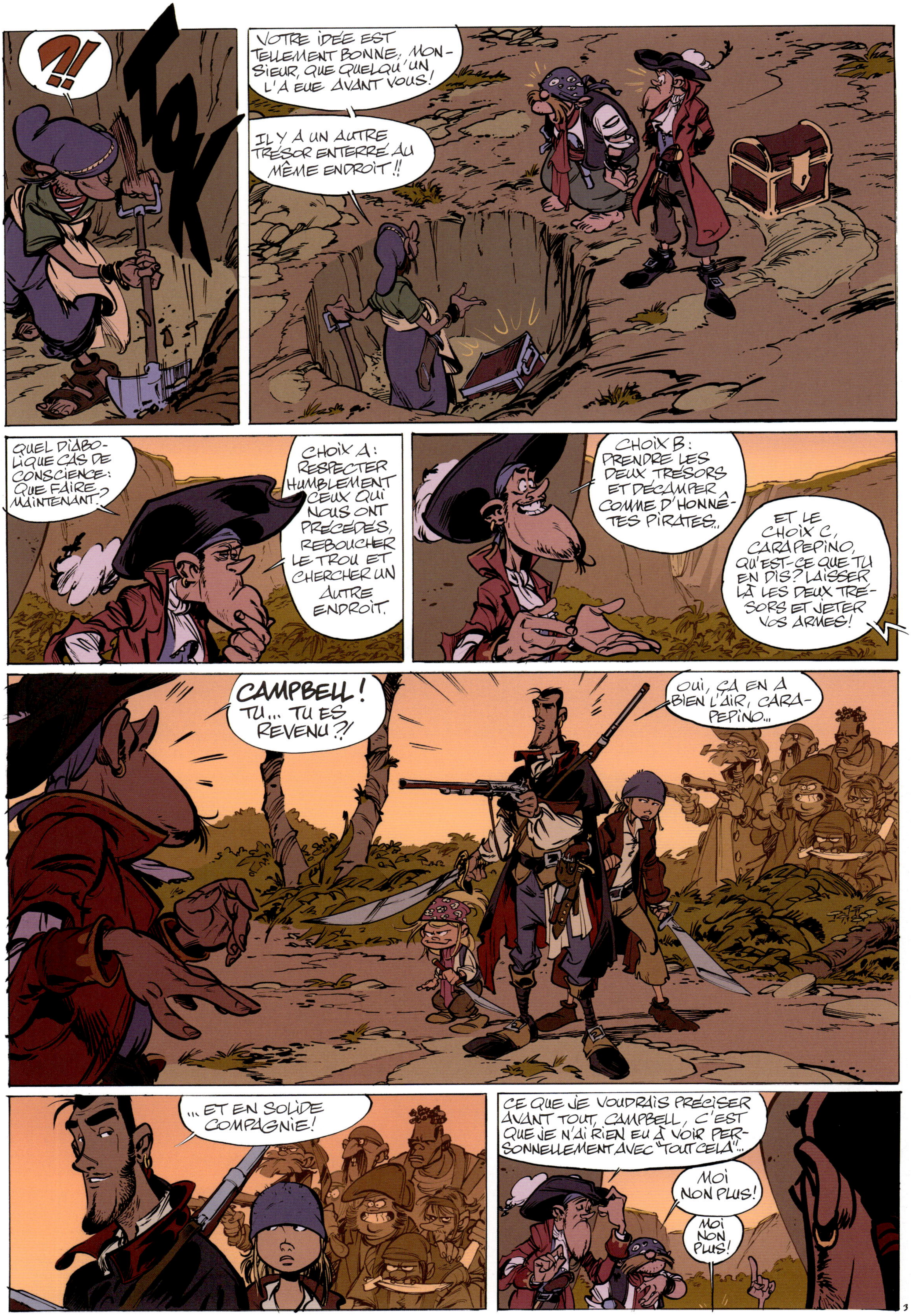
?!
TOK
VOTRE IDÉE EST TELLEMENT BONNE, MONSIEUR, QUE QUELQU'UN L'A EUE AVANT VOUS!
IL Y A UN AUTRE TRÉSOR ENTERRÉ AU MÊME ENDROIT !!
QUEL DIABOLIQUE CAS DE CONSCIENCE: QUE FAIRE MAINTENANT ?
CHOIX A: RESPECTER HUMBLEMENT CEUX QUI NOUS ONT PRÉCÉDÉS, REBOUCHER LE TROU ET CHERCHER UN AUTRE ENDROIT.
CHOIX B: PRENDRE LES DEUX TRÉSORS ET DÉCAMPER COMME D'HONNÊTES PIRATES...
ET LE CHOIX C, CARAPEPINO, QU'EST-CE QUE TU EN DIS? LAISSER LÀ LES DEUX TRÉSORS ET JETER VOS ARMES!
CAMPBELL ! TU... TU ES REVENU ?!
OUI, ÇA EN A BIEN L'AIR, CARAPEPINO...
... ET EN SOLIDE COMPAGNIE!
CE QUE JE VOUDRAIS PRÉCISER AVANT TOUT, CAMPBELL, C'EST QUE JE N'AI RIEN EU À VOIR PERSONNELLEMENT AVEC "TOUT CELA"...
MOI NON PLUS!
MOI NON PLUS!

TU SAIS BIEN QUE NOUS NE FAISIONS QU'OBÉIR À DES ORDRES DANS UN MOMENT PARTICULIÈREMENT COMPLIQUÉ POUR L'ENTREPRISE...
BANG
IL VAUDRAIT MIEUX POUR TOI NE PLUS M'EN PARLER, CARA-PEPINO...
NOUS AURONS LE TEMPS DE SOLDER LES DETTES...
AU FAIT, SI TU T'EN TIRES, CETTE FOIS, SALUE INFERNO DE MA PART.
ET MAINTENANT : SORTEZ L'AUTRE TRÉSOR ET METTEZ-VOUS TOUS LES TROIS DANS LE TROU, OU J'ORDONNE À MES HOMMES DE VOUS TRANSFORMER EN PASSOIRES !
C'EST AINSI QUE...
C'EST INCROYABLE !
IL NOUS A BIEN EUS !
IL FAUT RECONNAÎTRE, MONSIEUR, QUE CE TYPE A DU TALENT. QUI AURAIT PU IMAGINER QUE... ?
HAGGINS...
FERME-LA !

ON A EU DE LA CHANCE : DEUX TRÉSORS D'UN COUP !
MAIS JE DOIS LE RECONNAÎTRE, LES FILLES, JE NE CROYAIS PAS QUE LE PLAN MARCHERAIT...
C'ÉTAIT UNE IDÉE TELLEMENT FOLLE... TELLEMENT PEU ORTHODOXE...
JE TE L'AVAIS DIT QUE C'ÉTAIT UNE QUESTION D'ATTITUDE, PAPA !
ET DE RUSE !
LA TÊTE QU'IL A FAITE, CARAPEPINO, QUAND IL A COMPRIS QUE TOUT L'ÉQUIPAGE ...
... ÉTAIT EN CARTON-PÂTE !
AH, AH ! LA BONNE RUSE !
OH, PAPA, C'ÉTAIT TELLEMENT DRÔLE ! QUAND EST-CE QU'ON RECOMMENCE ?
HA ! HA ! BIENTÔT, MA PETITE, BIENTÔT ...

PAPA! DIS À CETTE
GOSSE DE ME RENDRE MON JOURNAL!
RENDS LE JOURNAL À TA SŒUR, GENOVA.
À TA SŒUR! À TA SŒUR!
TAIS-TOI, FLOYD.
NE TRAÎNEZ PAS: JE PRÉPARE LE REPAS...
ESPÈCE DE PETITE MORVEUSE!
"15 AVRIL: MON AMIE ELVIRE M'A PRÉSENTÉ SES COUSINS. L'UN D'EUX EST TRÈS BEAU. MAIS ILS NE VIENNENT PAS SOUVENT SUR SON ÎLE. J'ESPÈRE LE REVOIR UN JOUR..."
TU VAS VOIR SI J'T'ATTRAPE, J'TE METS EN PIÈCES, J'T'EXPLOSE, J'TE ZIGOUILLE!
"8 MAI: PAPA M'A ENCORE PUNIE SANS AUCUNE RAISON (ENFIN, PRESQUE). ÇA ME DONNE ENVIE DE PARTIR UNE BONNE FOIS POUR TOUTES VIVRE SEULE."
ET POURQUOI TU L' FAIS PAS, FRANGINE?
HI, HI, HI!
ARRÊTE IMMÉDIATEMENT DE LIRE ÇA! C'EST PER-SON-NEL!
LES TERMITES VONT SE REPAÎTRE DE TON CADAVRE, SI ELLES ONT LA CHANCE D'EN TROUVER UN MORCEAU!!
UN MORCEAU...! UN MORCEAU...!
OH! VOILÀ QUELQUE CHOSE D'INTÉRESSANT: "19 JUIN: ZÉRO EN MATHÉMATIQUES. EST-CE QUE JE DOIS LE DIRE À PAPA?" TOI, JE NE SAIS PAS, MAIS EN TOUT CAS MOI, C'EST SÛR, JE DOIS LE DIRE!!

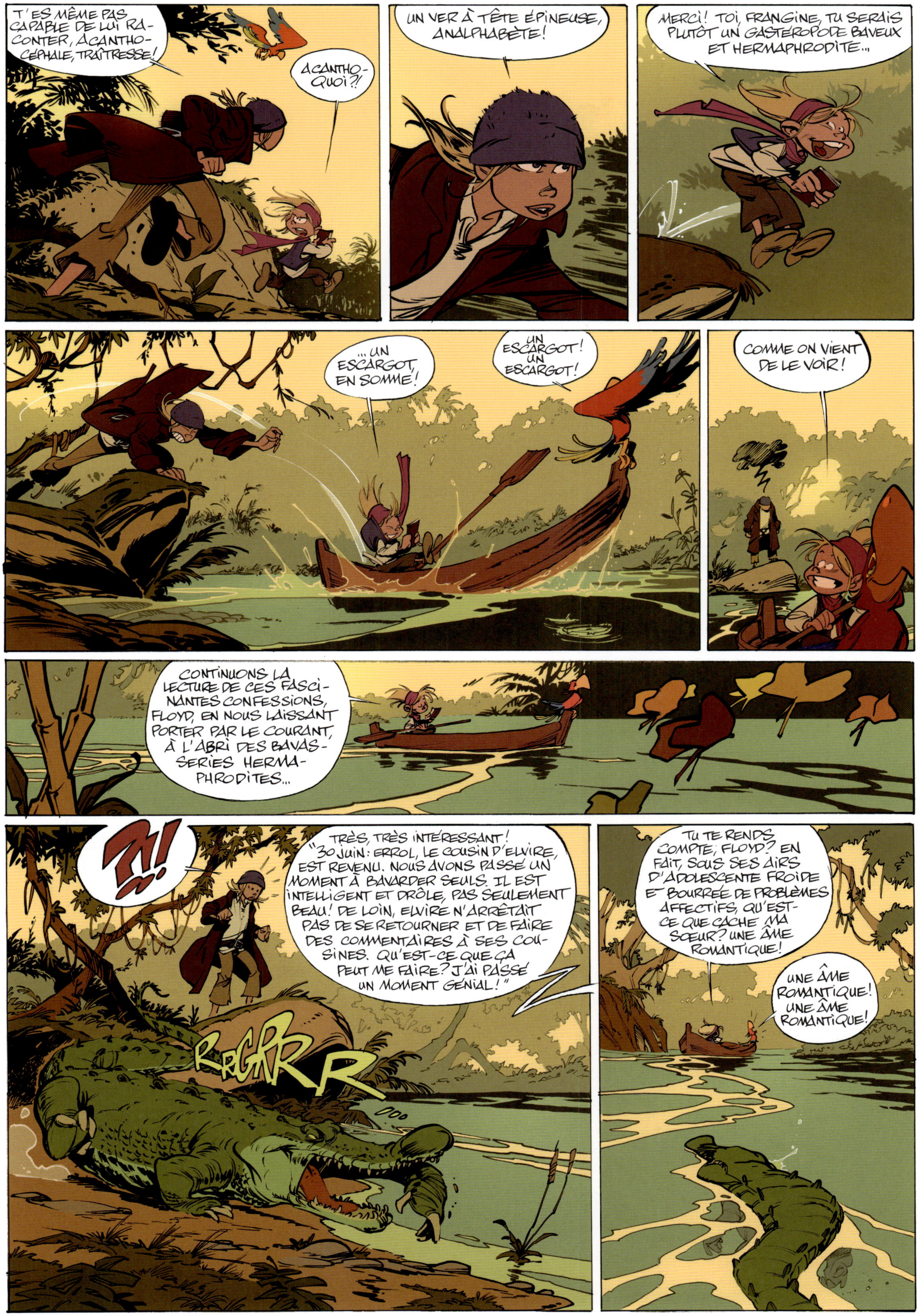
T'ES MÊME PAS CAPABLE DE LUI RACONTER, ACANTHOCÉPHALE, TRAÎTRESSE!
ACANTHO-QUOI?!
UN VER À TÊTE ÉPINEUSE, ANALPHABÈTE!
MERCI! TOI, FRANGINE, TU SERAIS PLUTÔT UN GASTÉROPODE BAVEUX ET HERMAPHRODITE...
...UN ESCARGOT, EN SOMME!
UN ESCARGOT! UN ESCARGOT!
COMME ON VIENT DE LE VOIR!
CONTINUONS LA LECTURE DE CES FASCINANTES CONFESSIONS, FLOYD, EN NOUS LAISSANT PORTER PAR LE COURANT, À L'ABRI DES BAVASSERIES HERMAPHRODITES...
?!
TRÈS, TRÈS INTÉRESSANT! "30 JUIN: ERROL, LE COUSIN D'ELVIRE, EST REVENU. NOUS AVONS PASSÉ UN MOMENT À BAVARDER SEULS. IL EST INTELLIGENT ET DRÔLE, PAS SEULEMENT BEAU! DE LOIN, ELVIRE N'ARRÊTAIT PAS DE SE RETOURNER ET DE FAIRE DES COMMENTAIRES À SES COUSINES. QU'EST-CE QUE ÇA PEUT ME FAIRE? J'AI PASSÉ UN MOMENT GÉNIAL!"
RRGRRR
TU TE RENDS COMPTE, FLOYD? EN FAIT, SOUS SES AIRS D'ADOLESCENTE FROIDE ET BOURRÉE DE PROBLÈMES AFFECTIFS, QU'EST-CE QUE CACHE MA SOEUR? UNE ÂME ROMANTIQUE!
UNE ÂME ROMANTIQUE! UNE ÂME ROMANTIQUE!

AVANÇONS DE QUELQUES PAGES POUR VOIR CE QUE DEVIENT LA BAVOUILLEUSE ROMANCE...
"CHÈRE MAMAN, J'AI PARLÉ DE MON JOURNAL À MON AMIE ELVIRE. ELLE TROUVE QUE C'EST UNE PERTE DE TEMPS, MAIS MOI JE SUIS SÛRE QUE TU PEUX LE LIRE DANS L'AU-DELÀ."
"PAPA FAIT TOUT CE QU'IL PEUT ET IL S'OCCUPE TRÈS BIEN DE NOUS, MAIS JE CROIS QUE CE SERAIT PLUS FACILE POUR LUI SI NOUS ÉTIONS DEUX GARÇONS. FRANCHEMENT... IL N'A AUCUNE IDÉE DE NOTRE FAÇON DE PENSER, NOUS LES FEMMES!"
"C'EST INCROYABLE COMME LE TEMPS PASSE! GENOVA EST UN PEU PLUS GRANDE (ET PLUS INSUPPORTABLE) CHAQUE JOUR. J'ESSAYE DE LUI APPRENDRE DES CHOSES MAIS ELLE A LA TÊTE PLUS DURE QU'UNE NOIX DE COCO FOSSILE..."
"PAPA NE NOUS PARLE PAS BEAUCOUP DE TOI. DE TEMPS EN TEMPS, SEULEMENT, QUAND IL NOUS REGARDE, JE TROUVE QUE SES YEUX BRILLENT COMME QUAND IL TE REGARDAIT TOI."
"JE CROIS QU'IL SE SENT TRÈS SEUL, ET QUE TU LUI MANQUES BEAUCOUP..."
"...AUTANT QU'À MOI."
RROORRG
?!AAAAH!

PONK PONK PONK
ITACA ! AU SECOURS !
TAP !
SPLASH
ITACA !!
CNAP !
SCHOEFS !
BON, MAINTENANT ON SE CALME, HEIN, MON GROS... DOUCEMENT...

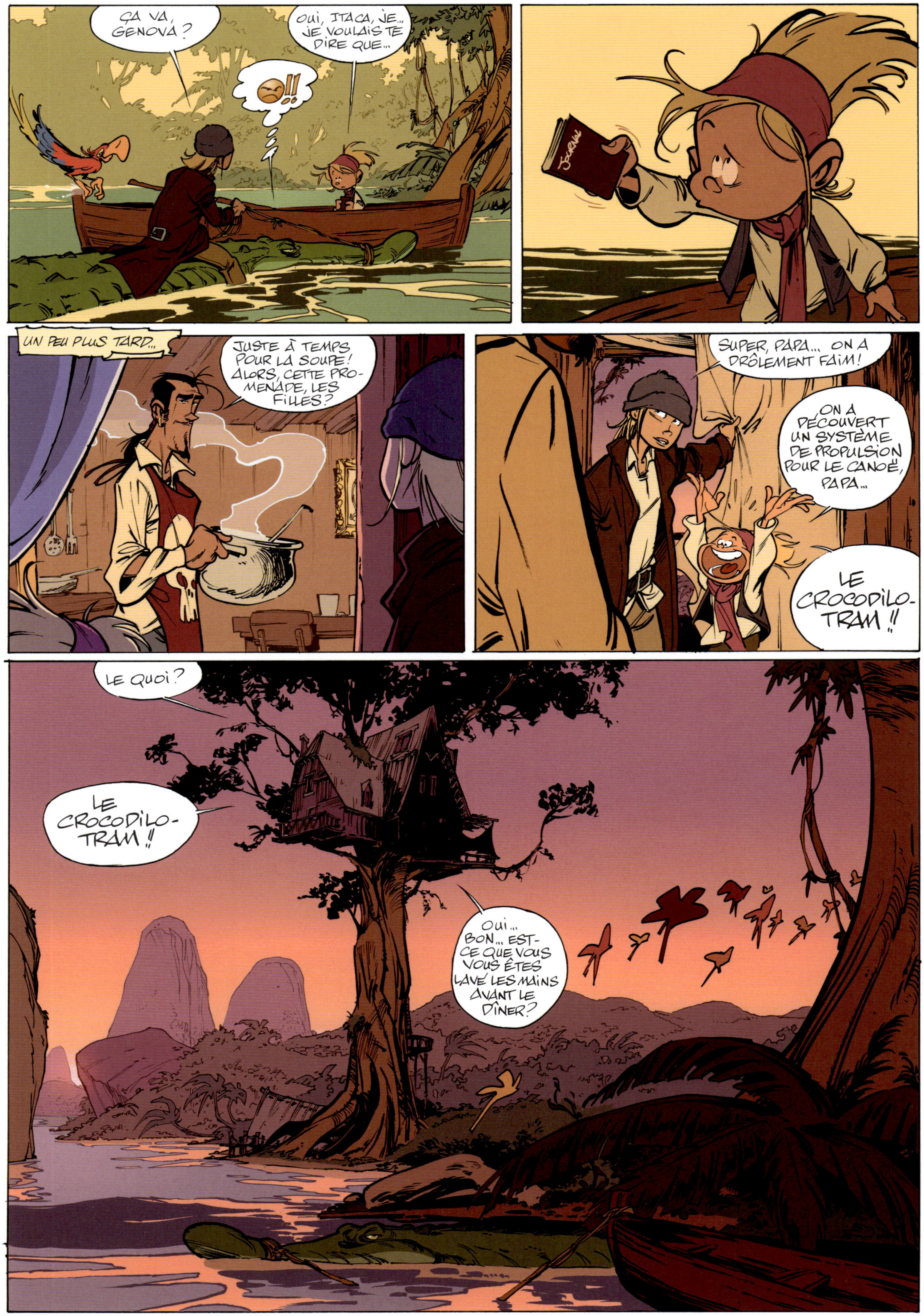
ÇA VA, GENOVA ?
OUI, ITACA, JE... JE VOULAIS TE DIRE QUE...
!!
JOURNAL
UN PEU PLUS TARD...
JUSTE À TEMPS POUR LA SOUPE ! ALORS, CETTE PROMENADE, LES FILLES ?
SUPER, PAPA... ON A DRÔLEMENT FAIM !
ON A DÉCOUVERT UN SYSTÈME DE PROPULSION POUR LE CANOË, PAPA...
LE CROCODILO-TRAM !!
LE QUOI ?
LE CROCODILO-TRAM !!
OUI... BON... EST-CE QUE VOUS VOUS ÊTES LAVÉ LES MAINS AVANT LE DÎNER ?

AMENEZ LE FAUX PAVILLON ET HISSEZ LE NÔTRE...
HISSEZ LE PAVILLON !
JOUONS CARTES SUR TABLE. MAINTENANT, ILS SAVENT QUI NOUS SOMMES ET CE QUE NOUS VOULONS.
LEUR COEUR TREMBLE D'ANGOISSE ET D'INCERTITUDE, PAUVRES CRÉATURES CONDAMNÉES À ROUGIR LA MER DE LEUR SANG.
JE CONNAIS LA FIN DE LA COMÉDIE. JE VAIS RESTER DANS MA CABINE. QUE L'ON NE ME DÉRANGE SURTOUT PAS AVANT LA TOMBÉE DU RIDEAU.
??
M... MAIS... CAPITAINE ! L... L'ABORDAGE... ?!
PAR TOUS LES DIABLES, JEFFREY ! CE N'EST QU'UN TRAVAIL DE SIMPLE ROUTINE !
ALORS FAITES VOLER CE NAVIRE EN ÉCLATS ET RAPPORTEZ-MOI UN BON BUTIN. C'EST TOI QUI DONNERAS LES ORDRES, JEFFREY... ET, SACHE-LE, TA CARCASSE RÉPONDRA DE TES ERREURS DEVANT LES POISSONS.
GLOUPS !

JE SUIS ENTOURÉ D'INCOMPÉTENTS!
DES APPRENTIS SANS TALENT, SANS RIEN DANS LE VENTRE!
30 ANS QUE JE SÈME LA TERREUR! SEUL, COMPLÈTEMENT SEUL! QUE LE DIABLE LES EMPORTE TOUS, MAUDITS SOIENT LEURS OSSEMENTS!
AUJOURD'HUI À LA PLEINE LUNE. AS-TU OUBLIÉ NOTRE RENDEZ-VOUS?
JAMAIS, HIC! CHÈRE FANNY! "JE MEURS" DE RETROUVER CES PRÉCIEUX INSTANTS ...

AAAH, FANNY, TU SORS DE MA BOUTEILLE DE RHUM COMME LE GÉNIE DE LA LAMPE D'ALADDIN...
MALHEUREUSEMENT, AU LIEU DE VENIR ACCOMPLIR TROIS DE TES VOEUX, JE VIENS TE RAPPELER TROIS DE TES MALÉDICTIONS...
LA PREMIÈRE POUR LA FILLETTE QUE TU AS RENDUE ORPHELINE : TU MOURRAS SEUL ET OUBLIÉ.
LA SECONDE POUR LE BÉBÉ QUI VENAIT DE NAÎTRE : JAMAIS TU NE CONNAÎTRAS DE REPOS.
LA TROISIÈME POUR L'HOMME QUE J'AIMAIS : SON OMBRE TE POURSUIVRA À JAMAIS.
HA ! HA ! HA ! MA CHÈRE, SI JE NE DEVAIS COMPTER QUE SUR DIX HOMMES AVEC SEULEMENT UN DIXIÈME DU COURAGE D'À PEINE DIX DE TES CHEVEUX, MA VIE SERAIT DIX FOIS PLUS SIMPLE !
QUANT À TES MALÉDICTIONS : PRIMO, TOUT LE MONDE MEURT SEUL ET OUBLIÉ, MÊME SI L'ON PART ENTOURÉ DE PLEUREUSES ; SECUNDO, TOUTE PERSONNE DE MON RANG QUI DIRIGE UNE ENTREPRISE IGNORE LE REPOS...
... ET TERTIO, L'OMBRE DE CAMPBELL A DISPARU SANS LAISSER DE TRACES VOILÀ PLUS DE CINQ ANS ET JE DOUTE BEAUCOUP QU'ELLE REVIENNE !

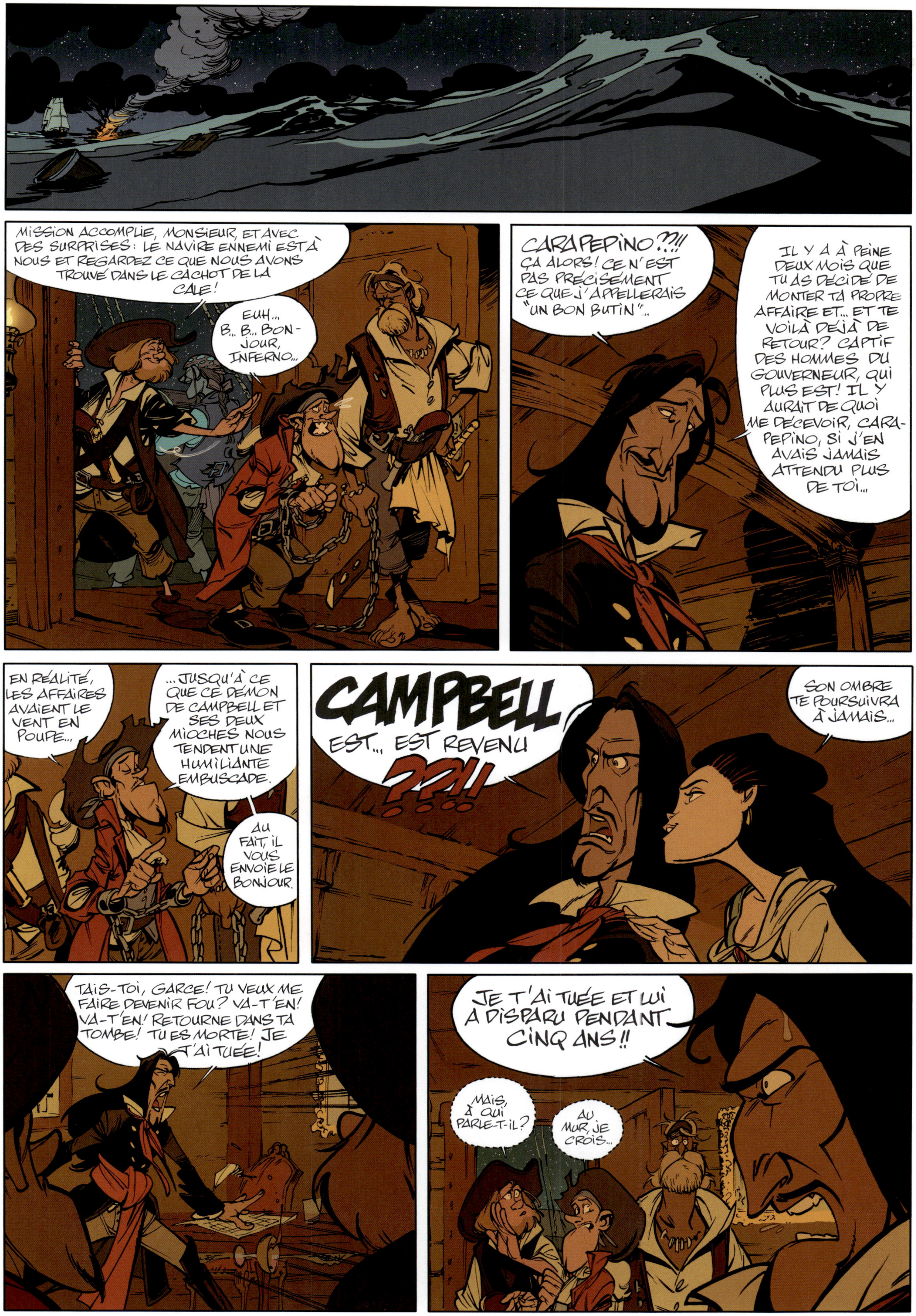

MISSION ACCOMPLIE, MONSIEUR, ET AVEC DES SURPRISES : LE NAVIRE ENNEMI EST À NOUS ET REGARDEZ CE QUE NOUS AVONS TROUVÉ DANS LE CACHOT DE LA CALE !
EUH... B... B... BONJOUR, INFERNO...
CARAPEPINO ?!?! ÇA ALORS ! CE N'EST PAS PRÉCISÉMENT CE QUE J'APPELLERAIS "UN BON BUTIN"...
IL Y A À PEINE DEUX MOIS QUE TU AS DÉCIDÉ DE MONTER TA PROPRE AFFAIRE ET... ET TE VOILÀ DÉJÀ DE RETOUR ? CAPTIF DES HOMMES DU GOUVERNEUR, QUI PLUS EST ! IL Y AURAIT DE QUOI ME DÉCEVOIR, CARAPEPINO, SI J'EN AVAIS JAMAIS ATTENDU PLUS DE TOI...
EN RÉALITÉ, LES AFFAIRES AVAIENT LE VENT EN POUPE...
...JUSQU'À CE QUE CE DÉMON DE CAMPBELL ET SES DEUX MIOCHES NOUS TENDENT UNE HUMILIANTE EMBUSCADE.
AU FAIT, IL VOUS ENVOIE LE BONJOUR.
CAMPBELL EST... EST REVENU ?!?!
SON OMBRE TE POURSUIVRA À JAMAIS...
TAIS-TOI, GARCE ! TU VEUX ME FAIRE DEVENIR FOU ? VA-T'EN ! VA-T'EN ! RETOURNE DANS TA TOMBE ! TU ES MORTE ! JE T'AI TUÉE !
JE T'AI TUÉE ET LUI A DISPARU PENDANT CINQ ANS !!
MAIS, À QUI PARLE-T-IL ?
AU MUR, JE CROIS...

C'EST POUR ÇA QUE TU ES REVENUE?
POUR TE MOQUER DE MOI?
?!
?!
?!
EH BIEN, RIRA BIEN QUI RIRA LE DERNIER: TOI ET TOUS LES SPECTRES DE L'HADÈS, OU MOI, INFERNO! JE TE DÉFIE, FANNY, ET JE TE FAIS UNE PROMESSE...
CAMPBELL DISPARAÎTRA POUR TOUJOURS...
... MÊME SI POUR CELA JE DOIS AUSSI TUER VOS DEUX FILLES!!

RARES SONT CEUX QUI CONNAISSENT L'ÎLE AUTARCIQUE DE BAKALAOO...
ET BIEN PLUS RARES ENCORE CEUX QUI LA CONNAISSENT ET OSENT LA VISITER !!
CE N'EST PAS LE FAIT D'ÊTRE PERDUE AU MILIEU DE L'OCÉAN, FOUETTÉE PAR LES TEMPÊTES ET LES OURAGANS QUI LUI DOIT SON MANQUE DE POPULARITÉ TOURISTIQUE...
NI L'INFRANCHISSABLE MURAILLE DE RÉCIFS QUI L'ENTOURE...
NI LE VOLCAN, ENCORE EN ACTIVITÉ, QUI LA DOMINE...
NON. SI MÊME LES PLUS INCONSCIENTS DES EXPLORATEURS, LES PLUS ÉGARÉS DES AVENTURIERS S'ÉLOIGNENT DE L'ÎLE DE BAKALAOO, C'EST PARCE QUE...
♫...
... ELLE EST HABITÉE PAR DES LÉPREUX !
DIS-MOI, KOOLAKAU, POURQUOI DEVONS-NOUS MONTER LA GARDE SUR LA PALISSADE ALORS QUE PERSONNE NE VIENT JAMAIS ICI ?
AH, NESKOOÏK, C'EST UNE TRADITION TRÈS ANCIENNE ET UN GRAND HONNEUR POUR CEUX QUI SONT CHOISIS COMME GUETTEURS.

Oui, je sais, je sais, mais c' que j'te dis c'est QUE PERSONNE NE VIENT JAMAIS ICI !!
C'EST VRAI ! C'EST CE QUI REND LA TÂCHE PLUS SYMBOLIQUE QUE NÉCESSAIRE ET DONC PUREMENT ARTISTIQUE, DANS SA PARFAITE INUTILITÉ PRATIQUE.
BZZZZZZZZZZZZZZZZZ...
?!?!
KOOLAKAU !! Y A QUELQU' UN QUI APPROCHE !!
IMPOSSIBLE ! PERSONNE NE VIENT JAMAIS ICI, TU LE SAIS BIEN !
EH BEN, LÀ-BAS, IL Y A QUELQU' UN QUI S'APPROCHE...
QUELLE EXCITATION ! QUELLE CURIOSITÉ ! QUELLE PEUR ! COMME ÇA, TOUT D'UN COUP !! QU' EST-CE QU'ON FAIT ? QU'EST-CE QU'ON FAIT ?
LE PROTOCOLE ! REGARDE CE QUE DIT LE PROTOCOLE !
"DANS L' HYPOTHÈSE OÙ DES ÉTRANGERS SERAIENT REPÉRÉS À PROXIMITÉ DE LA PALISSADE, REMPLIR LE QUESTIONNAIRE (PAGE 13) AVANT D'AUTORISER L' ENTRÉE."
VOYONS PAGE 13, PAGE 13, PAG...
DÉPÊCHE-TOI, KOOLAKAU !! ILS ARRIVENT !
ÉTRANGER : L'ÎLE DE BAKALAOO EST UN TERRITOIRE PRIVÉ. SI VOUS VENEZ DANS UN ESPRIT DE PAIX, DITES "UN" ; SI VOS INTENTIONS SONT BELLIQUEUSES OU SI VOUS PRÉTENDEZ ASSASSINER NOTRE PRÉSIDENT, DITES "DEUX".
IV/2

UN.
EST-CE QU'IL A DIT "DEUX"? PARCE QUE MOI, DEPUIS QUE MES OREILLES SONT TOMBÉES...
HMMM... J'SUIS PAS TRÈS SÛR ...
ÉTRANGER: DITES CLAIREMENT "UN" SI VOS INTENTIONS SONT PACIFIQUES, "DEUX" SI ELLES NE LE SONT PAS.
UN!
UN! IL A DIT "UN"!
ALORS JE CONTINUE: SI VOUS AVEZ DÉJÀ EU PRÉCÉDEMMENT UN CONTACT AVEC NOTRE COMMUNAUTÉ, DITES "CITRON", SI C'EST LA PREMIÈRE FOIS QUE VOUS NOUS RENDEZ VISITE, DITES "MELON".
CITRON.
IL A DIT "CITRON" ?
MOI, J'AI L'IMPRESSION QU'IL A DIT "MÉDAILLON" OU "BATAILLON" OU "SAUCISSON"...
... MAIS, D'UN AUTRE CÔTÉ, IL AURAIT PU TOUT AUSSI BIEN DIRE "TAUX DE CHOLESTÉROL", QU'EST-CE QUE J'EN SAIS...
MOI, DEPUIS QUE MES OREILLES SONT TOMBÉES...
BON, NESKOOÏK, KOOLAKAU, UNE BONNE FOIS POUR TOUTES, OUVREZ LES PORTES DE LA PALISSADE, S'IL VOUS PLAÎT!!!
MAIS... CE SONT LES CAMPBELL!
QUI VOULIEZ-VOUS QUE CE SOIT?
PERSONNE NE VIENT JAMAIS ICI!

KAKAOOLAT !!
GENOVA !!
HMMM... NON ! PLUS DE ROUGE !
CHEF...
CAMPBELL !! VOUS AVEZ APPORTÉ LES LIVRES ?
BIEN SÛR... ET EN PLUS, J'AI APPORTÉ...
PLUS TARD ! PRIORITÉ AUX LIVRES !
QU'EST-CE QUE TU AS TROUVÉ, ITACA ?
PRESQUE TOUS CEUX DE LA LISTE, CHEF, ET QUELQUES-UNS EN PLUS !
Y EN A AVEC DES DESSINS !
SKRETCH
SHAKESPEARE ! DEFOE ! WALTER SCOTT !! DUMAS !
DE LA LECTURE FRAÎCHE !!!

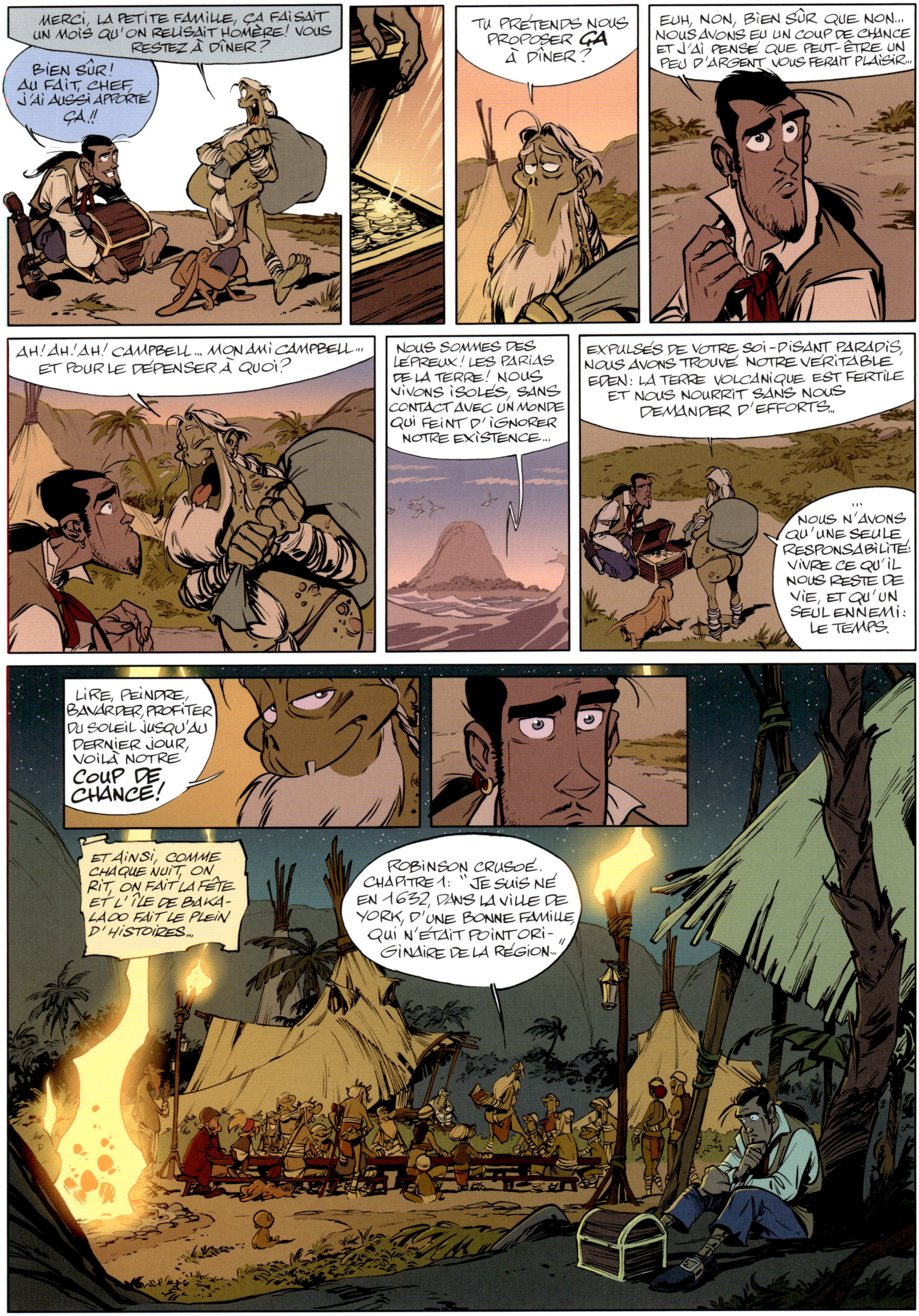
MERCI, LA PETITE FAMILLE, ÇA FAISAIT UN MOIS QU'ON RELISAIT HOMÈRE ! VOUS RESTEZ À DÎNER ?
BIEN SÛR ! AU FAIT, CHEF, J'AI AUSSI APPORTÉ ÇA !!
TU PRÉTENDS NOUS PROPOSER ÇA À DÎNER ?
EUH, NON, BIEN SÛR QUE NON... NOUS AVONS EU UN COUP DE CHANCE ET J'AI PENSÉ QUE PEUT-ÊTRE UN PEU D'ARGENT VOUS FERAIT PLAISIR...
AH ! AH ! AH ! CAMPBELL... MON AMI CAMPBELL... ET POUR LE DÉPENSER À QUOI ?
NOUS SOMMES DES LÉPREUX ! LES PARIAS DE LA TERRE ! NOUS VIVONS ISOLÉS, SANS CONTACT AVEC UN MONDE QUI FEINT D'IGNORER NOTRE EXISTENCE...
EXPULSÉS DE VOTRE SOI-DISANT PARADIS, NOUS AVONS TROUVÉ NOTRE VÉRITABLE EDEN : LA TERRE VOLCANIQUE EST FERTILE ET NOUS NOURRIT SANS NOUS DEMANDER D'EFFORTS...
... NOUS N'AVONS QU'UNE SEULE RESPONSABILITÉ : VIVRE CE QU'IL NOUS RESTE DE VIE, ET QU'UN SEUL ENNEMI : LE TEMPS.
LIRE, PEINDRE, BAVARDER, PROFITER DU SOLEIL JUSQU'AU DERNIER JOUR, VOILÀ NOTRE COUP DE CHANCE !
ET AINSI, COMME CHAQUE NUIT, ON RIT, ON FAIT LA FÊTE ET L'ÎLE DE BAKA-LAOO FAIT LE PLEIN D'HISTOIRES...
ROBINSON CRUSOÉ. CHAPITRE 1 : "JE SUIS NÉ EN 1632, DANS LA VILLE DE YORK, D'UNE BONNE FAMILLE QUI N'ÉTAIT POINT ORIGINAIRE DE LA RÉGION..."

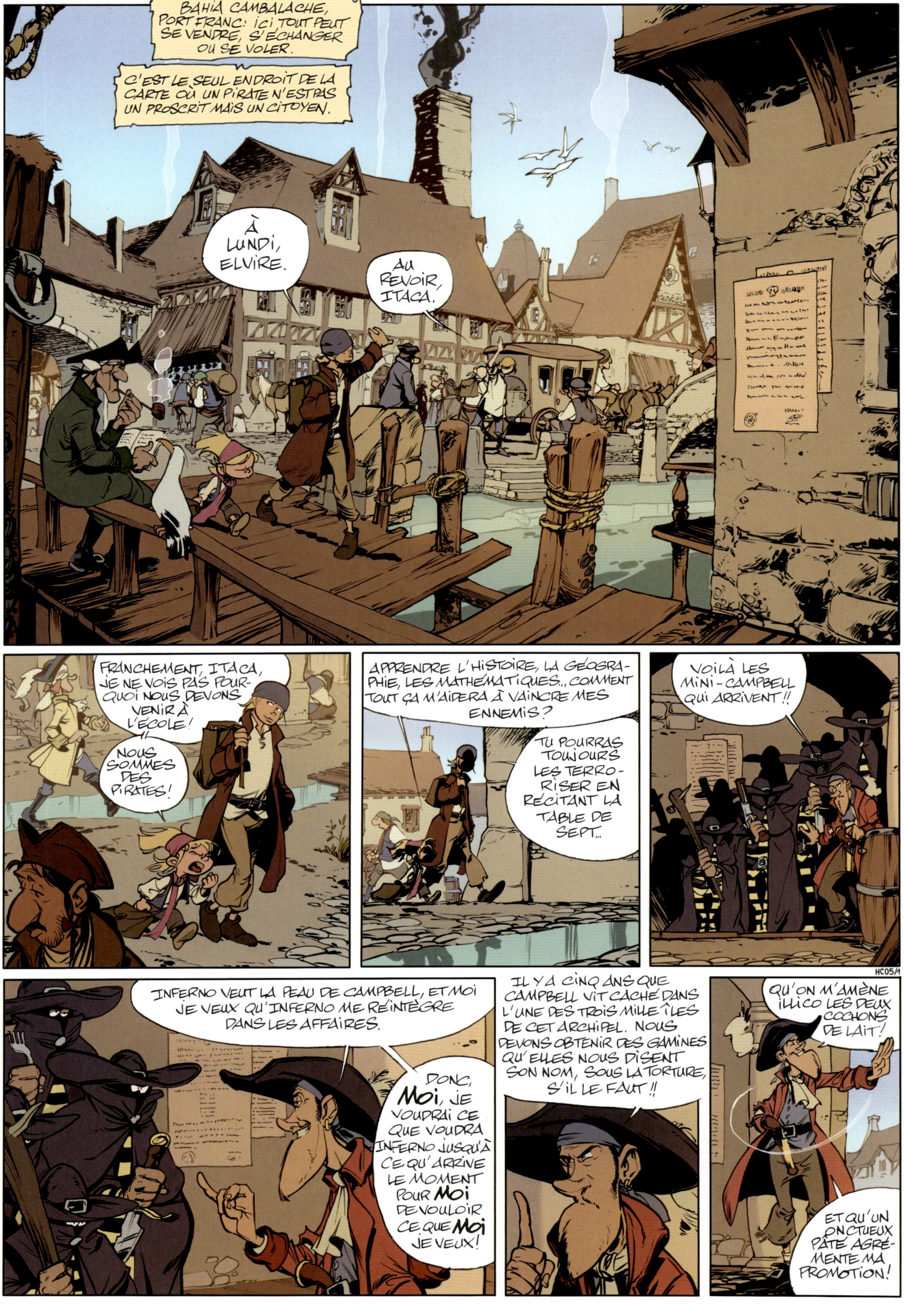
BAHIA CAMBALACHE, PORT FRANC : ICI TOUT PEUT SE VENDRE, S'ÉCHANGER OU SE VOLER.
C'EST LE SEUL ENDROIT DE LA CARTE OÙ UN PIRATE N'EST PAS UN PROSCRIT MAIS UN CITOYEN.
À LUNDI, ELVIRE.
AU REVOIR, ITACA.
FRANCHEMENT, ITACA, JE NE VOIS PAS POURQUOI NOUS DEVONS VENIR À L'ÉCOLE !
NOUS SOMMES DES PIRATES !
APPRENDRE L'HISTOIRE, LA GÉOGRAPHIE, LES MATHÉMATIQUES... COMMENT TOUT ÇA M'AIDERA À VAINCRE MES ENNEMIS ?
TU POURRAS TOUJOURS LES TERRORISER EN RÉCITANT LA TABLE DE SEPT...
VOILÀ LES MINI-CAMPBELL QUI ARRIVENT !!
HC05/M
INFERNO VEUT LA PEAU DE CAMPBELL, ET MOI JE VEUX QU'INFERNO ME RÉINTÈGRE DANS LES AFFAIRES.
DONC, MOI, JE VOUDRAI CE QUE VOUDRA INFERNO JUSQU'À CE QU'ARRIVE LE MOMENT POUR MOI DE VOULOIR CE QUE MOI JE VEUX !
IL Y A CINQ ANS QUE CAMPBELL VIT CACHÉ DANS L'UNE DES TROIS MILLE ÎLES DE CET ARCHIPEL. NOUS DEVONS OBTENIR DES GAMINES QU'ELLES NOUS DISENT SON NOM, SOUS LA TORTURE, S'IL LE FAUT !!
QU'ON M'AMÈNE ILLICO LES DEUX COCHONS DE LAIT !
ET QU'UN ONCTUEUX PÂTÉ AGRÉMENTE MA PROMOTION !

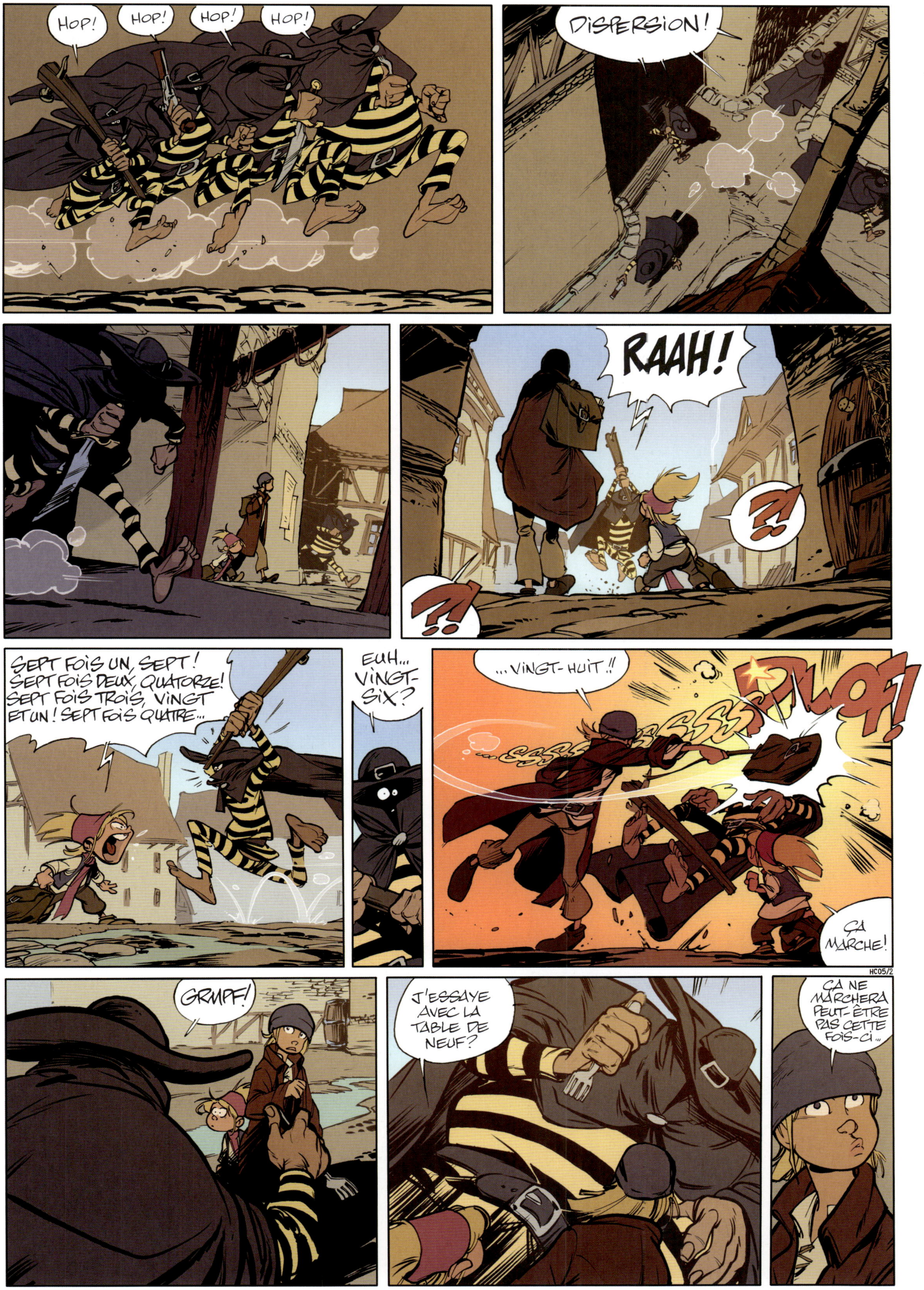
HOP!
HOP!
HOP!
HOP!
DISPERSION!
RAAH!
?
?
SEPT FOIS UN, SEPT! SEPT FOIS DEUX, QUATORZE! SEPT FOIS TROIS, VINGT ET UN! SEPT FOIS QUATRE...
EUH... VINGT-SIX?
... VINGT-HUIT!!
SSSSSSSS
PLOF!
ÇA MARCHE!
HC05/2
GRMPF!
J'ESSAYE AVEC LA TABLE DE NEUF?
ÇA NE MARCHERA PEUT-ÊTRE PAS CETTE FOIS-CI...

PLOF!
!!
Kii-AH!
ÇA VA, LES FILLES?
GLOUPS! LUCA "LE BLOND"! LE GARS LE PLUS CANON DU LYCÉE !!
LUCA, DE L'ÎLE CALAMAR, MA TÊTE VOUS DIT PEUT-ÊTRE QUELQUE CHOSE. JE SUIS AU LYCÉE...
ITACA, ET GENOVA, DE L'ÎLE JARDIN. NON, TA TÊTE NE ME DIT RIEN... TU DIS QUE TU VAS AU LYCÉE?
À MOI, SI, ELLE ME DIT QUELQUE CHOSE...
EN TOUT CAS, MERCI BEAUCOUP POUR VOTRE AIDE, MONSIEUR, ET FAITES-MOI LE PLAISIR DE REPARTIR AVEC LA MARÉE.
?!
PAS UN GESTE! RESTEZ OÙ VOUS ÊTES!
JE VOUS PRÉVIENS, J'AI LA GÂCHETTE FACILE, N'ESSAYEZ PAS DE M'AVOIR À COUPS D'ARITHMÉTIQUE!
TROMBLON SMITHSON: PEU PRÉCIS. DIFFICILE À RECHARGER.
UNE CHANCE: TOI À GAUCHE, MOI À DROITE. À TROIS.
PETITE SŒUR: FACILE À ÉCRASER. SUPPLANTÉE PAR UN ÉTRANGER PRÉTENTIEUX.
HC05/3
TROIS!
?!
POW!
R.I.P.

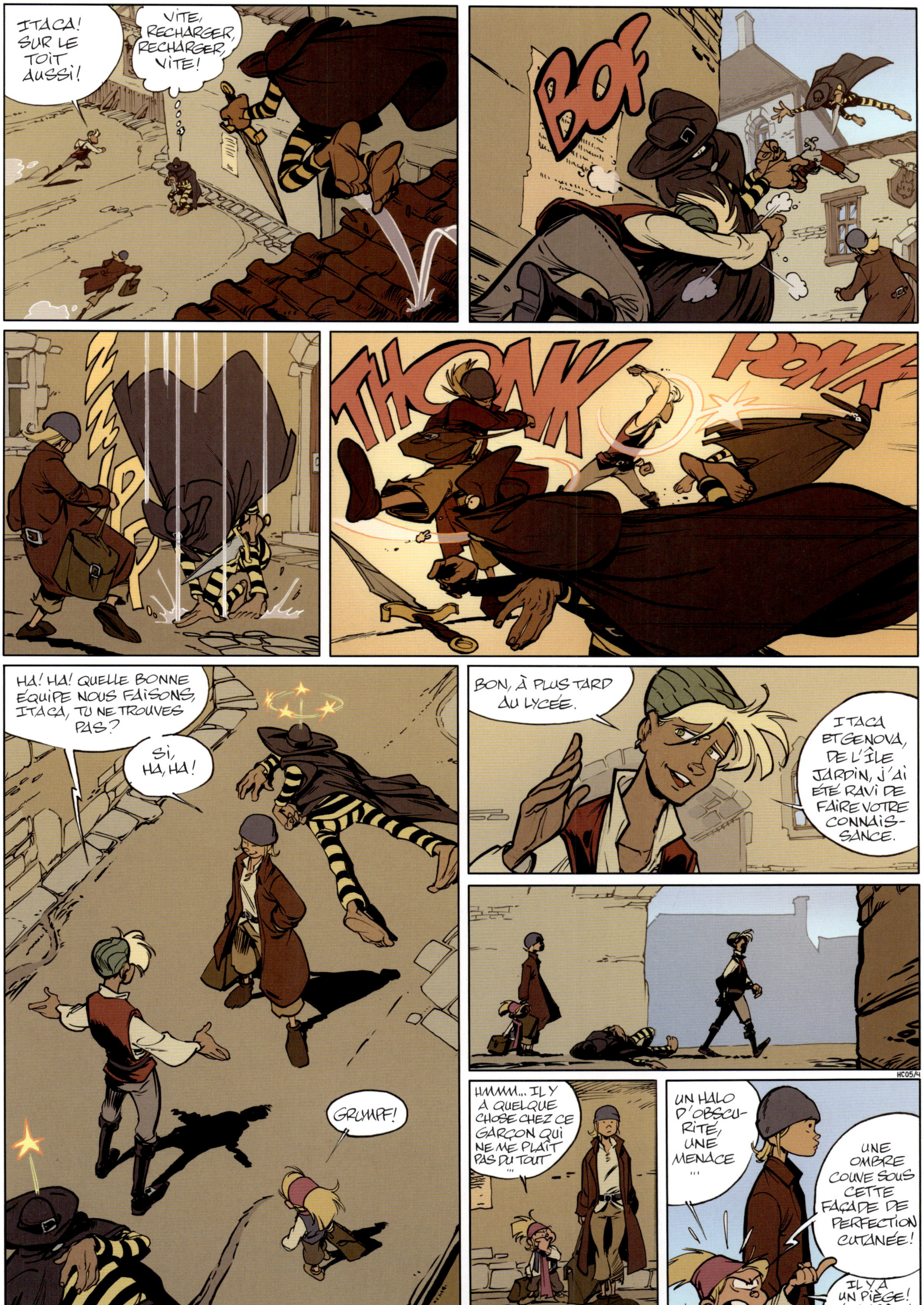
ITACA! SUR LE TOIT AUSSI!
VITE, RECHARGER, RECHARGER, VITE!
BOF
THONK
PONK
HA! HA! QUELLE BONNE ÉQUIPE NOUS FAISONS, ITACA, TU NE TROUVES PAS?
SI, HA, HA!
GRUMPF!
BON, À PLUS TARD AU LYCÉE.
ITACA ET GENOVA, DE L'ÎLE JARDIN, J'AI ÉTÉ RAVI DE FAIRE VOTRE CONNAISSANCE.
HMMM... IL Y A QUELQUE CHOSE CHEZ CE GARÇON QUI NE ME PLAIT PAS DU TOUT...
UN HALO D'OBSCURITÉ, UNE MENACE...
UNE OMBRE COUVE SOUS CETTE FAÇADE DE PERFECTION CUTANÉE!
IL Y A UN PIÈGE! C'EST SÛR!

LUCA LE BLOND, EN PERSONNE!
ELVIRE NE VOUDRA PAS LE CROIRE!
QUELLE CHANCE!
AÏE, AÏE, AÏE, JE RÊVE!
CIEL, C'EST CE QUE JE CRAIGNAIS...
ET IL A DIT: "À PLUS TARD AU LYCÉE."
ET IL A DIT: "J'AI ÉTÉ RAVI DE FAIRE VOTRE CONNAISSANCE."
AU SECOURS!! À L'AIDE!! MA SOEUR S'EST AMOURACHIMBÉCILISÉE!
CARAPEPINO, JE DÉTIENS L'INFORMATION QUE TU CHERCHES.
LUCA, MON FILS, C'EST TOI? COMME TU AS GRANDI DEPUIS LA DERNIÈRE FOIS QUE JE T'AI VU!!
ON A LE TEMPS DE GRANDIR EN SEPT ANS!!
HI, HI! TU DOIS COMPRENDRE TON PAUVRE PÈRE, LUCA: JE SUIS UN PIRATE, PAS UN FERMIER.
D'ABORD LE FRIC.
LA CONFIANCE RÈGNE, JE VOIS.
PAS LA MOINDRE.
COMME C'EST TRISTE!
L'ÎLE JARDIN.
SI TU TOUCHES À L'UNE DES DEUX FILLES, PÈRE, JE...
L'ÎLE JARDIN, BIEN SÛR!
NE T'INQUIÈTE PAS POUR LES PETITES MORVEUSES, PIRATILLON, ELLES NE M'INTÉRESSENT PAS, CONTRAIREMENT À TOI.
ENFIN, SURTOUT L'UNE D'ELLES, JE SUPPOSE. HI! HI! HI!
ADIEU, PÈRE.
ET NE TE MÉPRENDS PAS, JE NE SUIS PAS UN PIRATE...
JE SUIS UN FERMIER!
... ET IL A DIT QUE "NOUS FAISIONS UNE BONNE PAIRE".
"UNE BONNE ÉQUIPE"! QUE VOUS FAISIEZ "UNE BONNE ÉQUIPE"!! CE N'EST PAS PAREIL!!

LE NAVIRE EST À NOUS!
HOURRA!
QU'EST-CE QU'ON FAIT DES SURVIVANTS, CAPITAINE CAMPBELL?
AUX REQUINS!
ON LES FAIT PASSER SOUS LA QUILLE!
HMMM... L'ÉQUIPAGE A DÉFENDU AVEC COURAGE LE NAVIRE ET SON COMMANDEMENT...
CE SONT DES HOMMES NOBLES, ILS MÉRITENT QU'ON LEUR LAISSE UNE CHANCE.
PAR CONTRE, LES OFFICIERS SE SONT LÂCHEMENT CACHÉS DANS LE GAILLARD D'AVANT AU MOMENT DE L'AFFRONTEMENT DIRECT...
MAIS... BIEN ENTENDU.
NOUS SOMMES DES OFFICIERS DE CARRIÈRE AU SERVICE DE SA MAJESTÉ, PAS DE VULGAIRES MARINS!
NOOOOOON! RÉPONSE INCORRECTE!
DÉSHABILLEZ-LES ET JETEZ-LES À LA MER DANS UNE CHALOUPE!
QUE LA CHANCE, LEUR BRILLANTE CARRIÈRE OU SA MAJESTÉ LEUR VIENNENT EN AIDE AU MILIEU DES VAGUES.

QUANT AUX MEMBRES D'ÉQUIPAGE, LIBRE À EUX DE DÉCIDER S'ILS VEULENT REPRENDRE UNE VIE DE MISÈRE ET D'ESCLAVAGE AU SERVICE D'UNE ÉLITE QUI LES UTILISE COMME DES BÊTES DE SOMME...
... OU EMBRASSER LA PIRATERIE ET SA LIBERTÉ SANS LIMITES !
LA PIRATERIE ! LA PIRATERIE ! LA PIRATERIE !
OUIN-OUIIIIN-IN !
??
ASSEZ CRIÉ ! VOUS AVEZ RÉVEILLÉ MON BÉBÉ !!
NON, CAMPBELL. LA PETITE A FAIM. C'EST TOUT.
L'ABORDAGE LUI A OUVERT L'APPÉTIT. ELLE SERA UNE BONNE PIRATE COMME SON PÈRE.
DITES-MOI, VOUS AUTRES, VOUS N'AVEZ RIEN À FAIRE ?
QUE TOUT LE MONDE SE CHERCHE QUELQUE CHOSE À REGARDER QUI NE SOIT PAS MA FEMME !
HC06/2
DÉPOUILLÉS DE NAVIRE, D'ÉQUIPAGE ET DE VÊTEMENTS, HUMILIÉS ! QUELLE HONTE !
ENFIN, NOUS CONSERVONS LE PLUS IMPORTANT, SIR : NOS PERRUQUES !
RIEN, VOUS M'ENTENDEZ, RIEN, JEUNE PRÉCIEUX, N'EST AUSSI IMPORTANT POUR UN OFFICIER DE LA MARINE QUE SON HONNEUR !!
SI JE M'EN TIRE, UN JOUR, CE CAMPBELL ME LE PAIERA... ET TRÈS CHER !

COMMENT VA MA PETITE BICHETTE? ALORS, ELLE A FAIM, MA BIBICHE?
ITACA, CAMPBELL, APPELLE-LA PAR SON PRÉNOM.
ZZZZRRZ...
PAPA!!
PAPA!! IL Y A UN BATEAU DANS LA CRIQUE!!
J'ARRIVE, ITACA, J'ARRIVE...
VOYONS SI NOS "INVITÉS" NOUS PRÉSENTENT LEUR CARTE DE VISITE...
LE PAVILLON ROUGE DE CARAPEPINO! ÇA S'ANNONCE MAL!
COMMENT A-T-IL PU NOUS TROUVER?
LUCA LE BLOND!!
OUPS!
HC06/3
PUM!
BOOMM
À TERRE! VITE!!

TRÈS BIEN, LES PETITS GARS, TOUT LE MONDE SUR LES BARQUES! PLUS UN SEUL HOMME À BORD!
NOUS ALLONS RAMASSER CE QUI RESTE DE CAMPBELL!
QUELLE ÉMOTION, CARAPEPINO: FAIRE LA CHASSE À UNE LÉGENDE DE LA PIRATERIE!!
DES NIAISERIES TOUT ÇA, HAGGINS! LES LÉGENDES SONT SURVALORISÉES!
MOI, PAR EXEMPLE, SANS ALLER PLUS LOIN, J'AI BIEN DÛ TUER 700 HOMMES ET EN TRAHIR LE DOUBLE. EST-CE QU'ON ME CONSIDÈRE COMME UNE LÉGENDE? NOOON.
ON ME CONSIDÈRE AVEC CONDESCENDANCE COMME UN "BON ARTISAN" DE LA PIRATERIE! BAH!
UN COUP DE CHANCE, HAGGINS, VOILÀ CE QUI DIFFÉRENCIE UN PIRATE MÉCONNU D'UN PIRATE GRAND PUBLIC!!
HC06/4
QUAND MÊME, IL DOIT BIEN FALLOIR AUSSI UN PEU DE TALENT...
LE "TALENT", BOF! C'EST SEULEMENT DU MÉTIER DÉMULTIPLIÉ PAR DE LA VANITÉ!
?!?
LÀ-BAS! QU'EST-CE QUE C'EST?
RASH

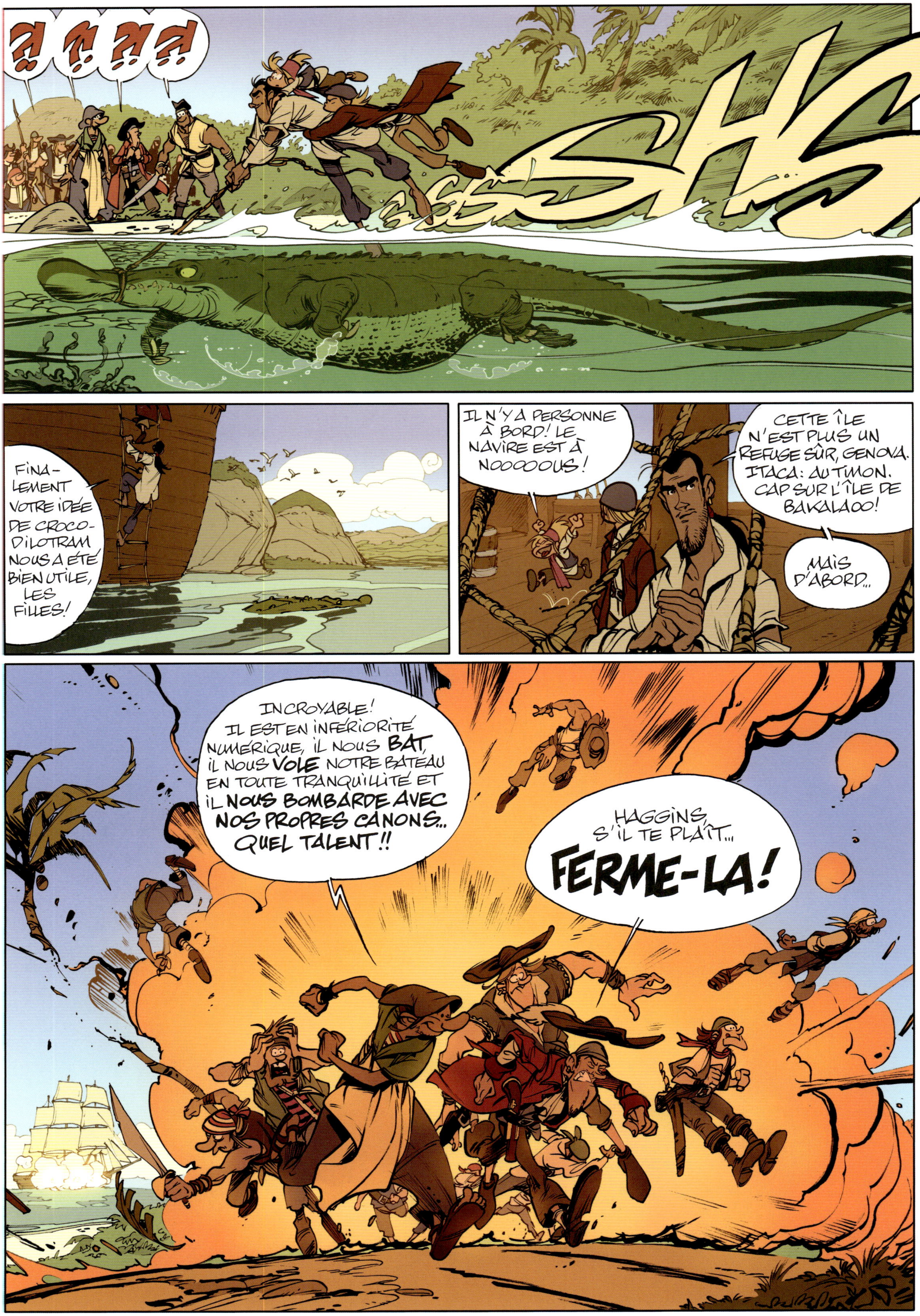
?!
?!
?!?
?!
SHS
FINALEMENT VOTRE IDÉE DE CROCODILOTRAM NOUS A ÉTÉ BIEN UTILE, LES FILLES!
IL N'Y A PERSONNE À BORD! LE NAVIRE EST À NOOOOOUS!
CETTE ÎLE N'EST PLUS UN REFUGE SÛR, GENOVA. ITACA: AU TIMON. CAP SUR L'ÎLE DE BAKALAOO!
MAIS D'ABORD...
INCROYABLE! IL EST EN INFÉRIORITÉ NUMÉRIQUE, IL NOUS BAT, IL NOUS VOLE NOTRE BATEAU EN TOUTE TRANQUILLITÉ ET IL NOUS BOMBARDE AVEC NOS PROPRES CANONS... QUEL TALENT!!
HAGGINS, S'IL TE PLAÎT... FERME-LA!

L'INFERNALE, LE REDOUTABLE NAVIRE DU CAPITAINE INFERNO, ET UNE FRÉGATE ANGLAISE SE TROUVENT FACE À FACE PRÈS D'UN MINUSCULE ÎLOT...
ET POURTANT, NI GRONDEMENTS DE CANONS, NI FUMÉE DE POUDRE QUI OBSCURCISSENT LE CIEL, NI CLAMEUR D'HOMMES DONNANT L'ASSAUT...
... RIEN QU'UNE TENSION ÉLECTRIQUE QUI PLANE SUR LA SCÈNE.
COMME SI UNE TEMPÊTE N'ATTENDAIT QU'UN SIGNE POUR SE DÉCHAÎNER.

EXCELLENCE, ACCEPTEZ CETTE RÉVÉRENCE, ET PAR CELLE-CI JE RENDS HONNEUR EN MÊME TEMPS À SA MAJESTÉ.
TRÊVE DE FIORITURES, INFERNO! NOUS SAVONS BIEN TOUS LES DEUX QUE POUR VOUS LA REINE D'ANGLETERRE SIGNIFIE AUTANT QUE LE ROI DE FRANCE, C'EST-À-DIRE: RIEN!
IL EST SUFFISAMMENT DÉPLAISANT D'AVOIR À TRAITER AVEC D'IGNOBLES PERSONNAGES DE VOTRE ACABIT...
... SANS AVOIR EN PLUS À SOUFFRIR VOTRE IRONIE!
VOUS M'OFFENSEZ, MONSIEUR LE GOUVERNEUR.
VOILÀ DES ANNÉES QUE MA FLOTTE PIRATE SE LIMITE À PILLER LES FRANÇAIS ET RESPECTE LES NAVIRES ANGLAIS.
JE NE SAIS QUE TROP COMBIEN NOUS COÛTE CE "RESPECT"!!
CONSIDÉREZ QUE LE PRIX EST RAISONNABLE!
VOUS PAYEZ POUR LE SANG QUE JE VERSE, ET EN ÉCHANGE, SA MAJESTÉ JOUIT DU MONOPOLE COMMERCIAL DANS CETTE ZONE, ET MOI D'UNE RICHESSE ILLIMITÉE.
APPORTEZ-VOUS CE QUI ÉTAIT CONVENU?
GRMPF! L'ANGLETERRE RESPECTE TOUJOURS SES ACCORDS: 70 000 PIÈCES D'OR. VOUS POUVEZ LES COMPTER.
TOC!
IMPECCABLE! J'AI EU QUELQUES FRAIS SUPPLÉMENTAIRES DERNIÈREMENT...
ET MA PETITE GRATIFICATION?

LA VOICI. UNE GRÂCE SANS RÉSERVE SIGNÉE DE SA MAJESTÉ CONCERNANT LES INNOMBRABLES FÉLONIES, CRIMES ET OUTRAGES QUE VOUS AVEZ COMMIS.
LE PARDON DE LA REINE ÉLÈVE SA MAJESTÉ AUTANT QU'ELLE ME RABAISSE.
RIEN D'AUTRE?
SACREBLEU, INFERNO! SI, BIEN SÛR QUE SI! LA REINE A DAIGNÉ VOUS ACCORDER LE TITRE DE BARON D'ANGLETERRE EN VERTU DES SERVICES RENDUS À LA COURONNE!
UNE SYMPATHIQUE BLAGUE DU DESTIN, GOUVERNEUR ...
MAINTENANT, VOUS ME DEVEZ OBÉISSANCE!
APPAREMMENT, SA MAJESTÉ APPRÉCIE PLUS QUE VOUS L'IRONIE!
OBÉISSANCE, PEUT-ÊTRE. LE RESPECT, JAMAIS!! VOUS REPRÉSENTEZ TOUT CE QUE JE MÉPRISE!!
LA CUPIDITÉ, LE DÉSHONNEUR, LA BASSESSE! VOUS ÊTES UNE ORDURE, ET AUCUN TITRE NE POURRA ÉTOUFFER LA PUANTEUR QUE VOUS RÉPANDEZ!!
OFFICIER! ARRÊTEZ CET HOMME!
?!
EN M'INSULTANT, MOI, BARON D'ANGLETERRE, VOUS AVEZ INSULTÉ DIRECTEMENT, À TRAVERS MOI ET CE QUE JE REPRÉSENTE, LA REINE ELLE-MÊME!

M... MAIS ?!! QUE SIGNIFIE CETTE PLAISANTERIE ??
DÉSOLÉ, MONSIEUR, MAINTENANT C'EST LE BARON QUI COMMANDE.
TRAÎTRES! VOUS... VOUS VOUS ÊTES VENDUS À L'ENNEMI !!
EN FAIT, CES "FRAIS SUPPLÉMENTAIRES" AUXQUELS J'AI FAIT ALLUSION ...
... DISONS QUE VOS OFFICIERS SE SONT ENGAGÉS À CE QUE LE PASSAGE DE POUVOIR ENTRE VOUS ET MOI SOIT EXEMPLAIRE.
LÂCHEZ-MOI !! VOUS NE VALEZ PAS PLUS QUE LUI !! VOUS N'ÊTES QUE DES PIRATES EN UNIFORME !!
NE SOYEZ PAS OFFUSQUÉ, CHER AMI : TOUT HOMME A UN PRIX, SAUF LES HÉROS ET LES IMBÉCILES. VOS HOMMES N'APPARTIENNENT PAS À LA SECONDE CATÉGORIE ET ILS ONT RENONCÉ À LA PREMIÈRE.
RIEN DE PERSONNEL DANS TOUT ÇA. JUSTE LES AFFAIRES.
LES AFFAIRES! BIEN SÛR, QU'Y A-T-IL D'AUTRE À ATTENDRE D'UN IGNOBLE PIRATE SANS SCRUPULES, CAPABLE D'ASSASSINER LA FEMME DE SON PROPRE...

POW
JEFFREY ! TU VAS OCCUPER LA PLACE DE CET IMBÉCILE AU PALAIS...
OUI, MONSIEUR !
... MAIS D'ABORD, DOUCHE-TOI. MAINTENANT, NOUS SOMMES LA NOBLESSE.
QUE DIEU PROTÈGE LA REINE.

VOILÀ BIEN UNE PREUVE DE LA SUPÉRIORITÉ DE L'HOMME SUR LES ÉLÉMENTS ET DU PIRATE SUR L'HOMME, MES P'TITS GARS!
CAMPBELL NOUS A VOLÉ NOTRE BATEAU, NOUS ABANDONNANT AINSI SUR UNE ÎLE OUBLIÉE, MAIS NOUS, AVEC EFFORT, TÉNACITÉ, ET GRÂCE À L'ÉCLAT QUI CARACTÉRISE L'INTEL-LECT DE VOTRE LEADER (MOI) ET À QUELQUES NOTIONS DE BRICOLAGE, NOUS SOMMES ARRI-VÉS À REPRENDRE LA MER!
LA TRAVERSÉE AURAIT ÉTÉ PLUS AGRÉABLE SI NOUS N'AVIONS PAS CROISÉ CE BANC DE REQUINS, CARAPEPINO...
AH, HAGGINS! QUE SERAIT LA VIE SANS UN ZESTE D'AVENTURE!!
TIENS, D'AILLEURS, UN AUTRE SACRIFICE S'IMPOSE.
CELA FINIT PAR DEVENIR PÉNIBLE D'AVANCER ENTOURÉS DE TANT DE POISSONS.
JETEZ-LEUR LE VIEUX!
?!!
PONK!
ÇA LES OCCUPERA. ALLONS-Y! CAP À L'OUEST! HAUT LES COEURS!
ROARRG!
SPLOSH!

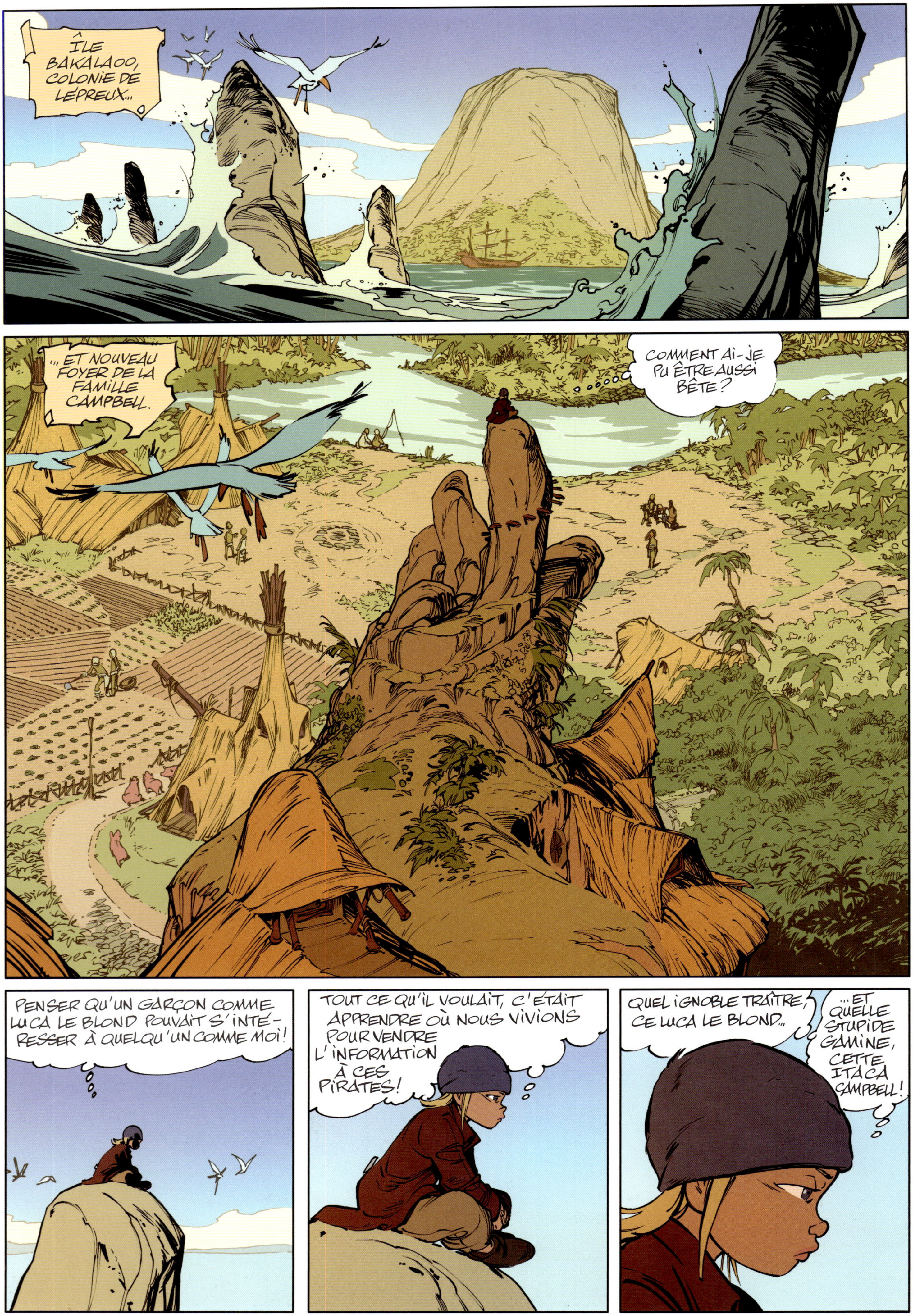
ÎLE BAKALAOO, COLONIE DE LÉPREUX...
...ET NOUVEAU FOYER DE LA FAMILLE CAMPBELL.
COMMENT AI-JE PU ÊTRE AUSSI BÊTE ?
PENSER QU'UN GARÇON COMME LUCA LE BLOND POUVAIT S'INTÉRESSER À QUELQU'UN COMME MOI !
TOUT CE QU'IL VOULAIT, C'ÉTAIT APPRENDRE OÙ NOUS VIVIONS POUR VENDRE L'INFORMATION À CES PIRATES !
QUEL IGNOBLE TRAÎTRE, CE LUCA LE BLOND...
...ET QUELLE STUPIDE GAMINE, CETTE ITACA CAMPBELL !

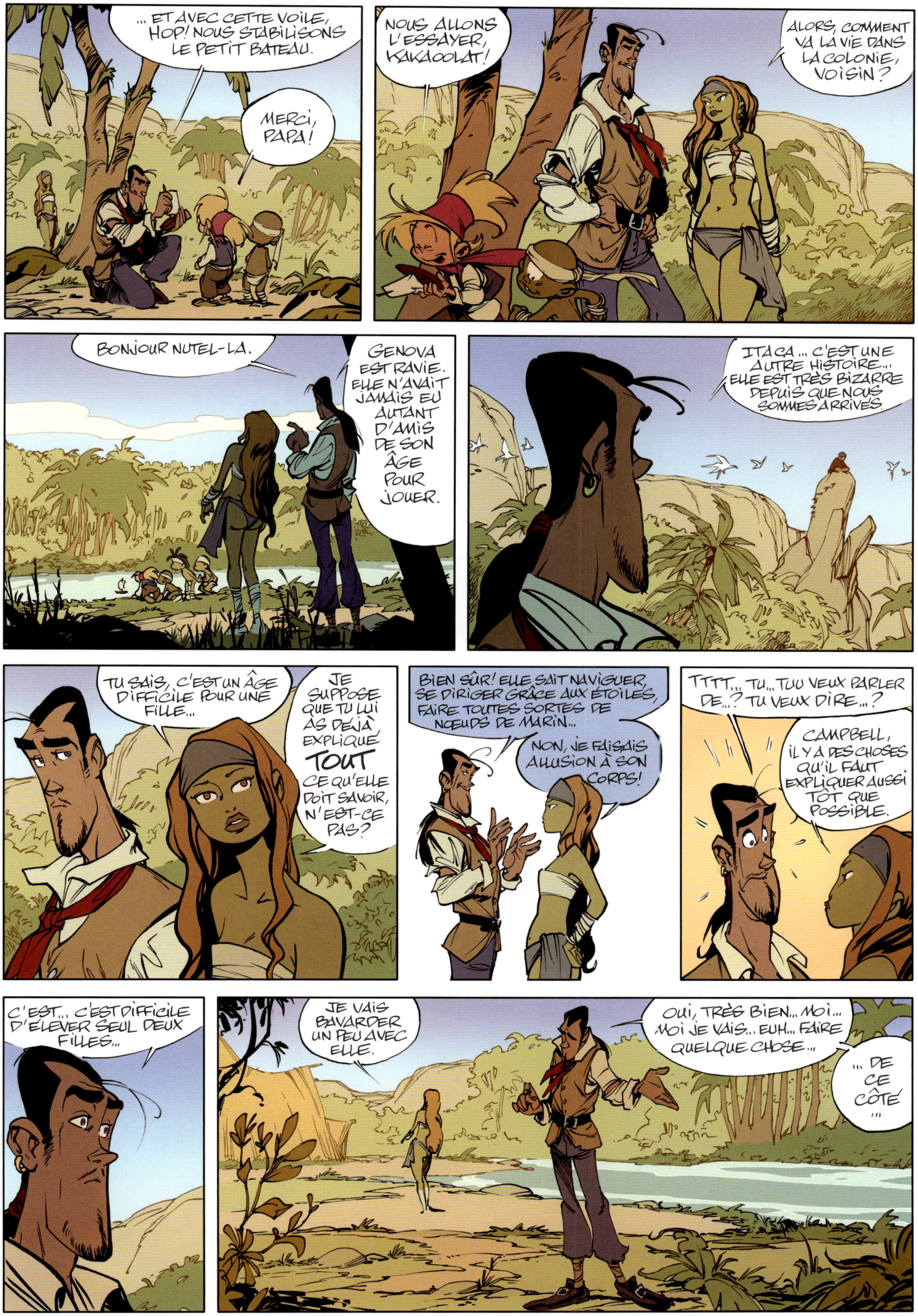
... ET AVEC CETTE VOILE, HOP! NOUS STABILISONS LE PETIT BATEAU.
MERCI, PAPA!
NOUS ALLONS L'ESSAYER, KAKAOOLAT!
ALORS, COMMENT VA LA VIE DANS LA COLONIE, VOISIN?
BONJOUR NUTEL-LA.
GENOVA EST RAVIE. ELLE N'AVAIT JAMAIS EU AUTANT D'AMIS DE SON ÂGE POUR JOUER.
ITACA... C'EST UNE AUTRE HISTOIRE... ELLE EST TRÈS BIZARRE DEPUIS QUE NOUS SOMMES ARRIVÉS.
TU SAIS, C'EST UN ÂGE DIFFICILE POUR UNE FILLE...
JE SUPPOSE QUE TU LUI AS DÉJÀ EXPLIQUÉ TOUT CE QU'ELLE DOIT SAVOIR, N'EST-CE PAS?
BIEN SÛR! ELLE SAIT NAVIGUER, SE DIRIGER GRÂCE AUX ÉTOILES, FAIRE TOUTES SORTES DE NOEUDS DE MARIN...
NON, JE FAISAIS ALLUSION À SON CORPS!
TTTT... TU... TUU VEUX PARLER DE...? TU VEUX DIRE...?
CAMPBELL, IL Y A DES CHOSES QU'IL FAUT EXPLIQUER AUSSITÔT QUE POSSIBLE.
C'EST... C'EST DIFFICILE D'ÉLEVER SEUL DEUX FILLES...
JE VAIS BAVARDER UN PEU AVEC ELLE.
OUI, TRÈS BIEN... MOI... MOI JE VAIS... EUH... FAIRE QUELQUE CHOSE...
... DE CE CÔTÉ ...

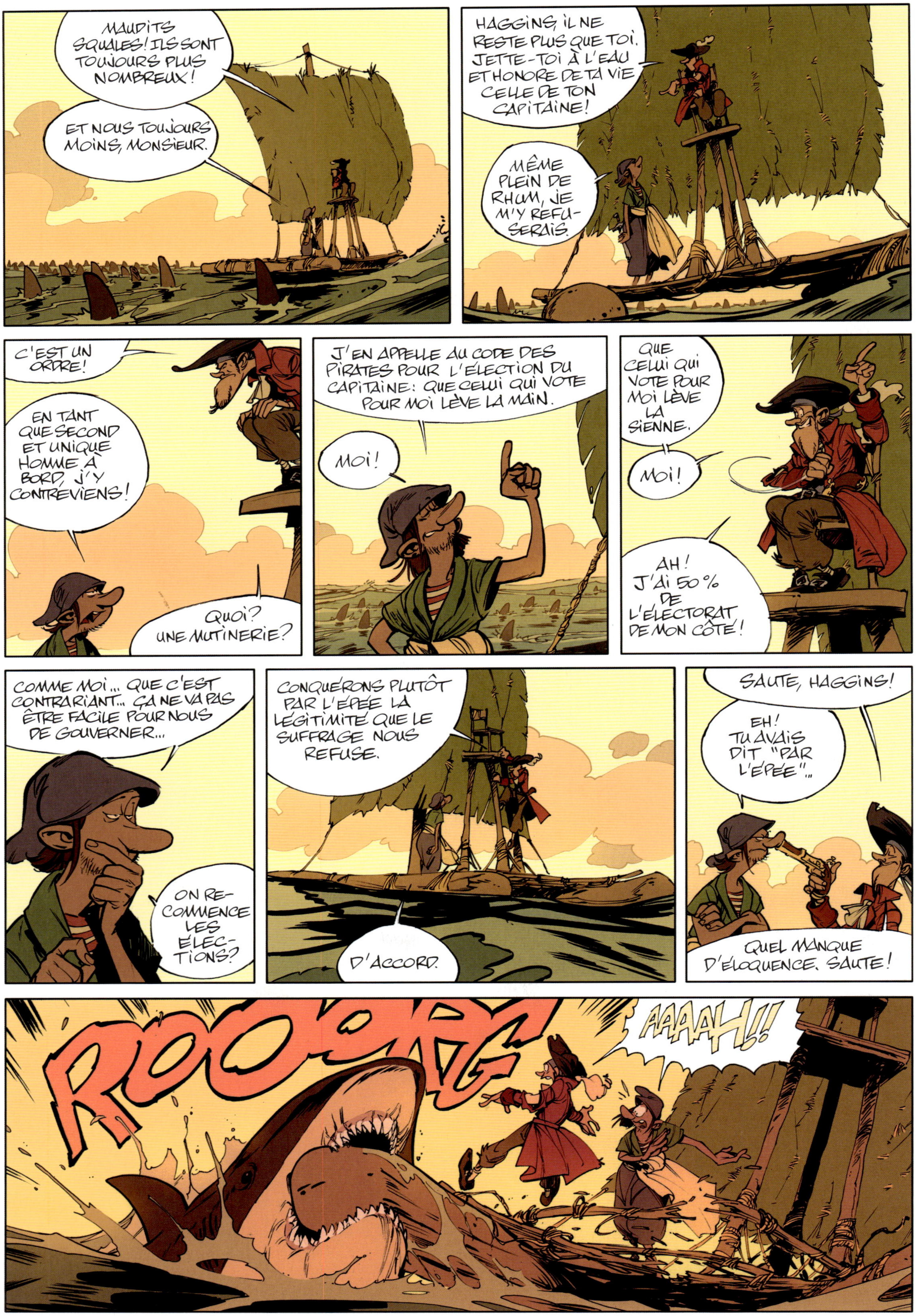
MAUDITS SQUALES! ILS SONT TOUJOURS PLUS NOMBREUX!
ET NOUS TOUJOURS MOINS, MONSIEUR.
HAGGINS, IL NE RESTE PLUS QUE TOI. JETTE-TOI À L'EAU ET HONORE DE TA VIE CELLE DE TON CAPITAINE!
MÊME PLEIN DE RHUM, JE M'Y REFUSERAIS.
C'EST UN ORDRE!
EN TANT QUE SECOND ET UNIQUE HOMME À BORD, J'Y CONTREVIENS!
QUOI? UNE MUTINERIE?
J'EN APPELLE AU CODE DES PIRATES POUR L'ÉLECTION DU CAPITAINE: QUE CELUI QUI VOTE POUR MOI LÈVE LA MAIN.
MOI!
QUE CELUI QUI VOTE POUR MOI LÈVE LA SIENNE.
MOI!
AH! J'AI 50 % DE L'ÉLECTORAT DE MON CÔTÉ!
COMME MOI... QUE C'EST CONTRARIANT... ÇA NE VA PAS ÊTRE FACILE POUR NOUS DE GOUVERNER...
ON RECOMMENCE LES ÉLECTIONS?
CONQUÉRONS PLUTÔT PAR L'ÉPÉE LA LÉGITIMITÉ QUE LE SUFFRAGE NOUS REFUSE.
D'ACCORD.
SAUTE, HAGGINS!
EH! TU AVAIS DIT "PAR L'ÉPÉE"...
QUEL MANQUE D'ÉLOQUENCE. SAUTE!
ROOOARG
AAAAH!!!

?!
MONTEZ À BORD, MALHEUREUX.
INFERNO!
QUELLE JOIE DE CROISER VOTRE ROUTE!
MAIS VOUS NAVIGUEZ BIEN LOIN DE VOTRE TERRITOIRE. VOUS VOUS INTÉRESSEZ À LA PÊCHE AUX REQUINS MAINTENANT? HA! HA! HA!
PAS EXACTEMENT, CARAPEPINO...
?!?!!!
MAINTENANT, JE PÊCHE LE PIRATE.
ÇA ALORS, LA VIE EST PLEINE D'IMPRÉVUS! LE PLUS REDOUTABLE, LE PLUS SANGUINAIRE DES PIRATES QUI CHANGE DE CAMP! IL AURAIT MIEUX VALU SE FAIRE DÉVORER PAR LES REQUINS!
HAGGINS... FERME-LA!!

TOUTE LA HAUTE SOCIÉTÉ DE L'ARCHIPEL S'EST DONNÉ RENDEZ-VOUS AU PALAIS DU GOUVERNEUR POUR SALUER LE NOUVEAU MEMBRE DE LA NOBLESSE...
SIR LAWRENCE DE CANTERBURY, AMBASSADEUR DE SA MAJESTÉ...
C'EST UN HONNEUR, BARON INFERNO.
LADY SOPHIA ET LADY HELVETIA, HÉRITIÈRES DU DUCHÉ DE HOLLOWSIDE.
C'EST LUI, HELVETIA ! QUELLE ÉMOTION !
ON RACONTE DES CHOSES TERRIBLES SUR VOUS, EN ANGLETERRE !
UNE BONNE MOITIÉ DE CE QU'ON DIT EST TRÈS EXAGÉRÉ. NE CROYEZ PAS TOUT.
ET L'AUTRE MOITIÉ ?
JE CRAINS QU'ELLE NE SOIT EXAGÉRÉMENT ALLÉGÉE...
LA MOITIÉ DE CETTE MOITIÉ AURAIT SUFFI À VOUS FAIRE PENDRE EN ANGLETERRE.
ET ICI, ON VOUS DONNE UN TITRE !
QU'Y PUIS-JE, LADY HELVETIA ?
... LA MER EST LA TERRE DES OPPORTUNITÉS !

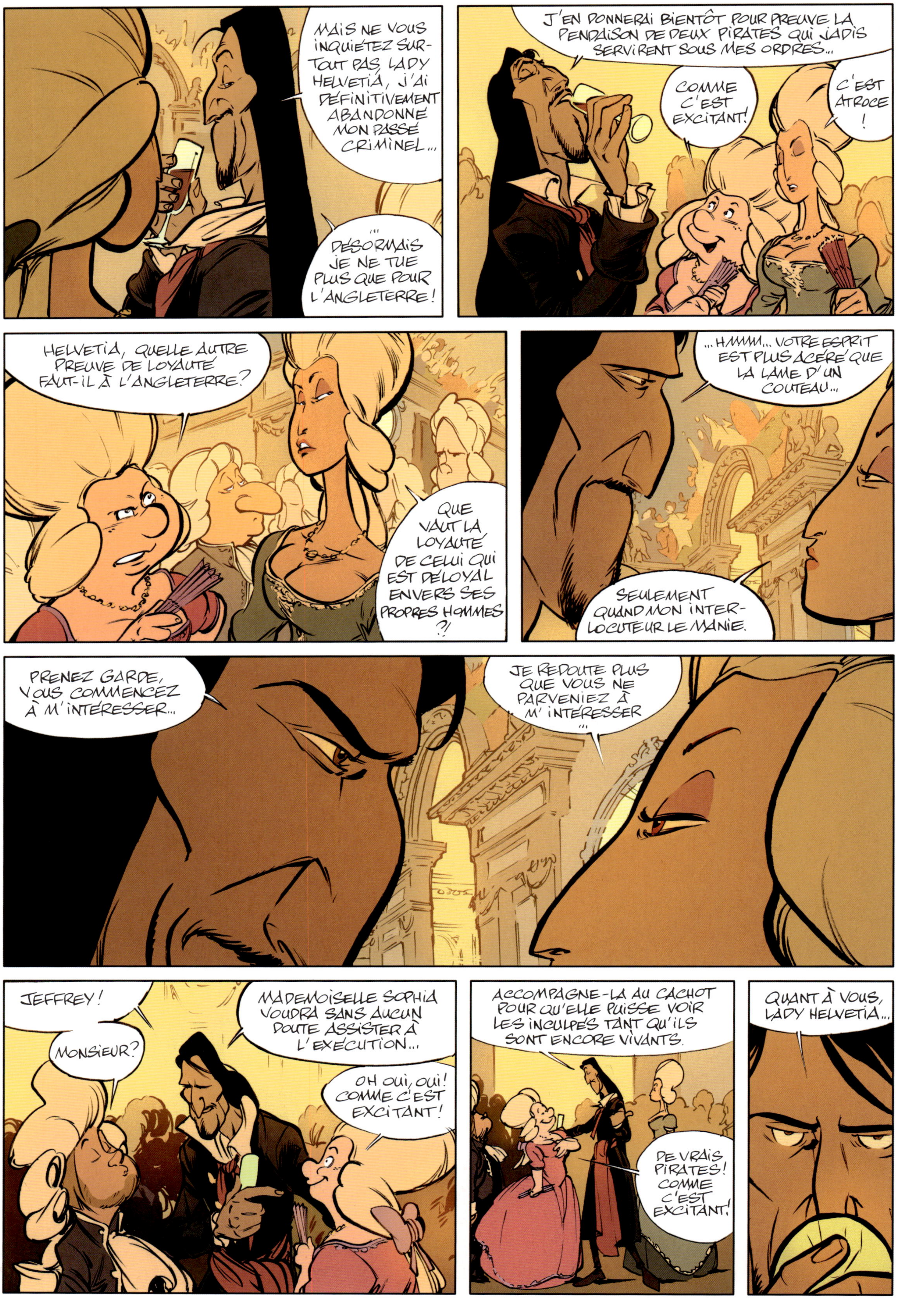
MAIS NE VOUS INQUIÉTEZ SURTOUT PAS LADY HELVETIA, J'AI DÉFINITIVEMENT ABANDONNÉ MON PASSÉ CRIMINEL...
... DÉSORMAIS JE NE TUE PLUS QUE POUR L'ANGLETERRE!
J'EN DONNERAI BIENTÔT POUR PREUVE LA PENDAISON DE DEUX PIRATES QUI JADIS SERVIRENT SOUS MES ORDRES...
COMME C'EST EXCITANT!
C'EST ATROCE!
HELVETIA, QUELLE AUTRE PREUVE DE LOYAUTÉ FAUT-IL À L'ANGLETERRE?
QUE VAUT LA LOYAUTÉ DE CELUI QUI EST DÉLOYAL ENVERS SES PROPRES HOMMES ?!
... HMMM... VOTRE ESPRIT EST PLUS ACÉRÉ QUE LA LAME D'UN COUTEAU...
SEULEMENT QUAND MON INTERLOCUTEUR LE MANIE.
PRENEZ GARDE, VOUS COMMENCEZ À M'INTÉRESSER...
JE REDOUTE PLUS QUE VOUS NE PARVENIEZ À M'INTÉRESSER ...
JEFFREY!
MONSIEUR?
MADEMOISELLE SOPHIA VOUDRA SANS AUCUN DOUTE ASSISTER À L'EXÉCUTION...
OH OUI, OUI! COMME C'EST EXCITANT!
ACCOMPAGNE-LA AU CACHOT POUR QU'ELLE PUISSE VOIR LES INCULPÉS TANT QU'ILS SONT ENCORE VIVANTS.
DE VRAIS PIRATES! COMME C'EST EXCITANT!
QUANT À VOUS, LADY HELVETIA...

LONDRES, BIEN DES ANNÉES AUPARAVANT...
?!?!
PARDON, MONSIEUR!
REGARDE OÙ TU METS LES PIEDS, VAURIEN, TU AS FAILLI ME TACHER LES BOTTES!
PSST!!
PAR ICI!
HA, HA, HA! C'ÉTAIT PARFAIT! IL N'Y A VU QUE DU FEU!
PFFF...
PFFF...
PFFF...
VOYONS CE QUE LA RÉCOLTE A DONNÉ AUJOURD'HUI...
OOOH! ON DIRAIT QU'ON A FAIT FORT, FRANGIN!
ON EST RICHES?
NON... HEUREUSEMENT! À QUOI ÇA NOUS SERVIRAIT? À NOUS FAIRE VOLER PAR LES PAUVRES?
NE TE TROMPE PAS, PETIT: CE SONT LES RICHES QUI VOLENT LES PAUVRES. IL Y A DES GÉNÉRATIONS QU'ILS LE FONT. C'EST POUR ÇA QU'ILS SONT RICHES.
C'EST ÇA QUI FAIT LA GRANDEUR DE CE PAYS!!

DONC, RESPECT POUR LES TRADITIONS: DONNE-MOI CE QUE TU AS LÀ.
NON, PAPA, C'EST NOUS QUI NOUS SOMMES DÉBROUILLÉS! C'EST À NOUS!
HMMM... T'AS DU CRAN, MON FILS... UN JOUR TU PARVIENDRAS À ÊTRE COMME MOI.
VOYONS SI TU AS VRAIMENT CE QU'IL FAUT POUR ÇA!
PAPA, NON!
KLING!
CHOISIS, MÔME...
LE CHAPEAU OU LA JOLIE FIGURE DU PETIT.
PA... PAPA...
CHOISIS, MÔME...
LE CHAPEAU! LE CHAPEAU!

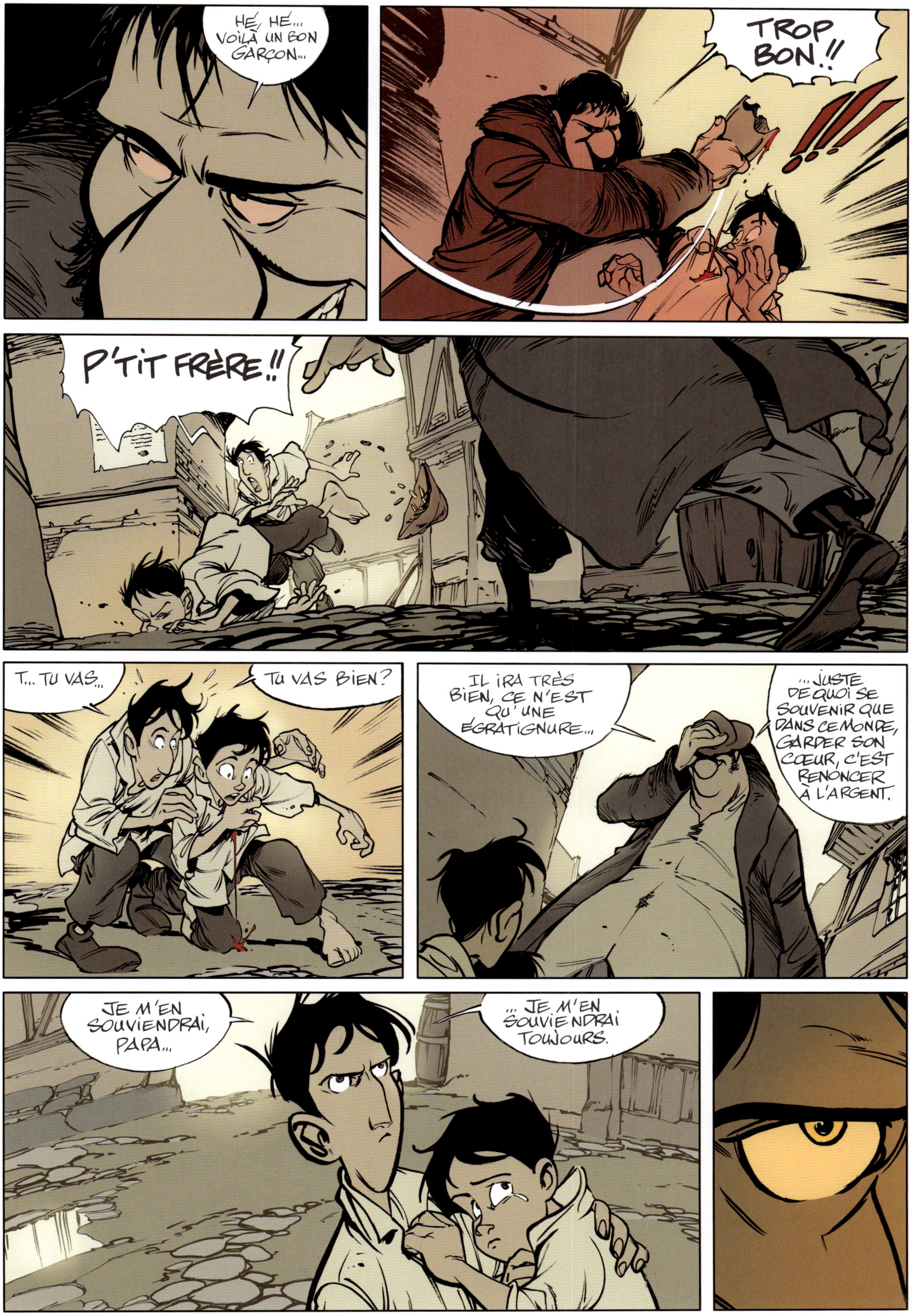
HÉ, HÉ... VOILÀ UN BON GARÇON...
TROP BON !!
!!!
P'TIT FRÈRE !!
T... TU VAS...
TU VAS BIEN ?
IL IRA TRÈS BIEN, CE N'EST QU'UNE ÉGRATIGNURE...
... JUSTE DE QUOI SE SOUVENIR QUE DANS CE MONDE, GARDER SON CŒUR, C'EST RENONCER À L'ARGENT.
JE M'EN SOUVIENDRAI, PAPA...
... JE M'EN SOUVIENDRAI TOUJOURS.

MUNUERA, 2017
COULEURS: SEDYAS